佐々木ひとみ 作
浮雲宇一 絵

エイ・エイ！オー！

ぼくが足軽だった夏

新日本出版社

目次

プロローグ／二〇二三年七月一七日

見上げれば、雲ひとつない夏の空。太陽は今、仙台城跡《せんだいじょうあと》の真上にある。

強い陽《ひ》ざしが、かつて本丸があった広場を白く照らしている。

たぶん、気温は三〇度《ど》を軽く超《こ》えているはずだ。

ときおり吹く風《ふ》が、ぼくがひそんでいる林の中まで広場の熱気を運んでくる。

したたる汗《あせ》をぬぐいもせずに、ぼくは広場を見つめている。

広場の隅《すみ》では、紺地《こんじ》に白で「奥州《おうしゅう》・仙台《せんだい》おもてなし集団《しゅうだん》　杜乃武将隊《もりのぶしょうたい》」と染《そ》め抜《ぬ》かれたのぼり旗が、風をはらんではためいている。その前では……、

「うりゃあー！」「ええいっ！」「とおっ！」

鎧兜《よろいかぶと》に身を包んだ武将や侍《さむらい》が刀を抜き、槍《やり》を振《ふ》りかざし、勇壮《ゆうそう》な音楽に乗って躍動《やくどう》している。――「演武《えんぶ》」と呼《よ》ばれるパフォーマンスだ。

武将たちはそれぞれ兜に、「前立て」と呼ばれる飾《かざ》りをつけている。

毛虫の前立ての武将がいる。「愛宕山大権現守護所《あたごやまだいごんげんしゅごしょ》」と書かれた御札《おふだ》の前立ての武将がいる。

鳳凰《ほうおう》の前立ての武将、カラフルな衣装《いしょう》の侍、黒い着物姿《きものすがた》の男、全身黒づくめの女忍者《にんじゃ》も。

中でもひときわ目を引くのは、三日月の前立ての武将《ぶしょう》だ。

金色に輝《かがや》く三日月がついた兜《かぶと》は、黒。鎧《よろい》も、黒。その上に羽織《はお》った陣羽織《じんばおり》は、黒地に金の縫《ぬ》い取りが縦《たて》に入っていて、裾《すそ》は赤い山形模様《もよう》になっている。

きらびやかな陣羽織の裾をひるがえし、三日月の前立ての武将が刀を振《ふ》るう姿《すがた》は、舞《ま》っているようにしなやかだ。

広場のこちら側には、演武《えんぶ》に見入っている人たちがいる。みな、武将たちの一挙手一投足《いっきょしゅいっとうそく》に熱い視線《しせん》を送っている。――四年前の夏のように。

「新型《しんがた》コロナウイルス」という言葉さえまだなかったあの夏。仙台城跡《せんだいじょうあと》は、観光客と杜乃武将隊《もりのぶしょうたい》を応援《おうえん》する人たちでにぎわっていた。演武がはじまると、一〇〇人を超《こ》える人々が広場に集まり、二重三重の人垣《ひとがき》ができた。

今、目の前には、あの夏とほとんど変わらない景色が広がっている。

演武をしている武将たちの顔にマスクはない。集まった人たちも、笑顔《えがお》で歓声《かんせい》を上げている。

(本当に、また動き出したんだ)

心の中でつぶやいて、手紙を忍《しの》ばせた胸元《むなもと》にそっと手をあてる。

和紙に筆で書かれた手紙には、こう書いてある。

仙田直紀殿《せんだなおきどの》

久《ひさ》しゅう会っておらぬが、息災《そくさい》であったか。

我《われ》ら杜乃武将隊《もりのぶしょうたい》は忍耐《にんたい》の時を経《へ》て、再《ふたた》び動き出すことと相成《あいな》った。

二〇二三年七月一七日、第十四期杜乃武将隊の出陣式《しゅつじんしき》を執《と》り行《おこな》う。

ついては、ぜひとも参陣《さんじん》されたし。仙台城《せんだいじょう》で待っておるぞ。

奥州《おうしゅう》・仙台《せんだい》おもてなし集団《しゅうだん》　杜乃武将隊　伊達政宗《だてまさむね》

政宗さまからの呼《よ》び出《だ》し状《じょう》だ。

「仙台城で待っておるぞ」は、初めて会ったとき、政宗さまがぼくにかけてくれた言葉だ。そして、杜乃武将隊と出会うきっかけになった言葉でもある。

ずっと待ち続けていたこの呼び出し状を目にしたとき、一瞬《いっしゅん》で、四年前、二〇一九年に引き戻《もど》された。

ぼくは、小学五年生だった。

1、二〇一九年五月、藤《ふじ》の庭

それは、五年生になって間もなくの、五月半ばの月曜日のことだった。

学校を出たぼくはいつものように、まっすぐおじいちゃんの家に向かった。

火・木・土・日曜日は剣道《けんどう》クラブ、金曜日はピアノ教室、水曜日は書道教室に通っているぼくにとって、月曜日は一週間で唯一《ゆいいつ》、放課後、何の予定もない日だった。

「まだ五年生だというのに、直紀《なおき》は忙《いそが》しいなぁ」

「そんなに習いごとをして、大丈夫《だいじょうぶ》？　疲《つか》れない？」

おじいちゃんもおばあちゃんも心配してくれるけど、ぼくの答えはこうだ。

「ぜんぜん平気。ぜんぶ自分で決めたことだもん」

ほんとうだ。

ピアノは三歳《さい》から、剣道は幼稚園《ようちえん》から、習字は小学校に入ると同時にはじめた。

習字だけはお父さんにすすめられてはじめたけど、ピアノはお母さんのＣＤを聴《き》いて、剣道は近くの神社に貼《は》ってあった八幡剣道《はちまんけんどう》クラブのポスターを見て、「やってみたい！」と思ったのがきっかけだった。

正直なところ、なぜそう思ったのかは覚えていない。けれどその時、心臓《しんぞう》がぎゅん！　と熱くなって、どうしようもなくドキドキしたことだけは覚えている。

お母さんに言わせると、〝運命の出会い〟というやつらしい。自分にとって大切なものや、かけがえのない人に出会った時、そんなふうになるんだって。

たぶん、当たってる。どれも飽《あ》きることなく続いているから。

今、いちばんの楽しみは、学校帰りにおじいちゃんの家に行って、ピアノを思いっきり弾《ひ》くことだ。おじいちゃんちには、昔、おばさんが使っていた古いアップライトピアノがあるんだ。

「行く」と言っても、二人の家はぼくが住んでいるマンションの目の前にある。

用事がある時は、電話をするよりベランダから身を乗り出して「おじいちゃーん！」「おばあちゃーん！」と叫《さけ》んだ方が早いくらいだ。

1、二〇一九年五月、藤の庭

丘《おか》の中腹《ちゅうふく》にある国守《くにもり》小学校を出て坂を下ると、五分もかからずにぼくんちのマンションの入り口に着く。

その前をスルーしてさらに歩くと、時代劇《じだいげき》に出てきそうな黒い板塀《いたべい》が現《あらわ》れる。

――おじいちゃんちの板塀《いたべい》だ。

おじいちゃんの家は「仙田邸《せんだてい》」といって、近所ではわりと知られた家だ。

理由は二つある。

一つは、ご先祖《せんぞ》さまが仙台藩《せんだいはん》の大工棟梁《とうりょう》をしていたこと。

おじいちゃんの代になってから蔵《くら》を片付《かたづ》けたら、仙台城《せんだいじょう》の古い絵図がたくさん出てきたらしい。それらはとても貴重《きちょう》な絵図だったらしく、今は仙台市博物館《せんだいしはくぶつかん》に収蔵《しゅうぞう》されている。

ちなみに、おじいちゃんは仙田家の十四代目。お父さんは十五代目。一人っ子のぼくは、このままいくと十六代目ってことになる。

二つ目の理由は、伊達政宗《だてまさむね》からもらった藤《ふじ》の木があること。

樹齢《じゅれい》およそ四三〇年。しかもこの藤の木はただ「ある」というだけではなく、おじいちゃんちの庭いっぱいに枝《えだ》を伸《の》ばして、今も花を咲《さ》かせ続けているんだ。

複雑《ふくざつ》にからみ合った株《かぶ》から四方八方に伸びた枝は、竹を格子状《こうしじょう》に組んだ棚《たな》に支《ささ》えられている。藤棚の広さは、約三〇〇平方メートル。教室ひとつ分ほどの広さだ。

毎年五月、花の季節になると、おじいちゃんはその藤を、まちの人たちに公開している。期間はだいたい一週間ぐらい。時間は、朝一〇時から夕方四時まで。入場料は……なしだ。

前に「どうしてタダなの?」と聞いたら、

1、二〇一九年五月、藤の庭

「政宗公《まさむねこう》はきっと『まちの人たちにもこの藤《ふじ》を見せたい』とお考えになって、ご先祖《せんぞ》さまに託《たく》したんだと思うんだ。だから、入場料なんていただくわけにはいかないんだよ」と教えてくれた。ちょっと誇《ほこ》らしげに。

庭が薄紫《うすむらさき》の藤の花でいっぱいになる時期は、庭が知らない人でいっぱいになる時期でもある。多い時には、一週間で二〇〇〇人も来たことがあったらしい。

庭に入って来た人たちは、花を眺《なが》めたり、写真を撮《と》ったり、思い思いに過《す》ごしてゆく。

小さい頃《ころ》は毎日がお祭りみたいでうれしくて、花の季節を心待ちにしていた。

でも、今は逆《ぎゃく》だ。花が終わるのを心待ちするようになった。

庭に知らない人がいる間は落ち着かないし、ピアノを思いっきり弾《ひ》くこともできない。

(花なんか、はやく散っちゃえばいいのに!)と思ってる。

おじいちゃんにはナイショだけど。

「ただいまー!」

墨《すみ》で黒々と『子平町《しへいまち》の藤』と書かれた看板《かんばん》がかかる古めかしい門をくぐると、正面に藤の庭に続く枝折戸《しおりど》、左手におじいちゃんの家があらわれる。

ぼくは庭には目もくれず、おじいちゃんの家のガラス戸に手をかけた。

……瞬間《しゅんかん》、「直紀《なおき》！」と呼《よ》ばれた。庭の方から。おじいちゃんの声だ。

「ちょっとこっちに来てごらん！」

いつもよりちょっとかん高い声。——最高に機嫌《きげん》がいいときの声だ。

なんだろう？　学校を出るときにはもう午後四時を過《す》ぎていたから、庭にお客さんはいないはずだけど……。

「直紀、はやくおいで！」

「はーい、今いく！」

ぼくはランドセルを玄関《げんかん》に投げ入れると、松や梅が植えられた小さな庭を抜《ぬ》け、その奥《おく》にある藤《ふじ》の庭に向かった。

庭では、伊達政宗《だてまさむね》からもらったという藤が、今まさに見頃《みごろ》を迎《むか》えている。枝《えだ》という枝から花《はな》房《ぶさ》が垂《た》れ下がっている様子は、まるで薄紫色《うすむらさきいろ》の滝《たき》のようだ。

「えっ？」

藤棚《ふじだな》の下に、人がいる。人っていうか……武士《ぶし》？　武将《ぶしょう》？

三日月の飾《かざ》りがついた兜《かぶと》を被《かぶ》っている。漆黒《しっこく》の鎧《よろい》で身を包み、その上から、裾《すそ》に赤い山形模《も》様《よう》が入った黒い陣羽織《じんばおり》をまとっている。

金色の太刀《たち》を手に藤の花を見上げている姿《すがた》は、まるで大河《たいが》ドラマのポスターみたいだ。

1、二〇一九年五月、藤の庭

「ん？」

武将《ぶしょう》はぼくに気づいたらしく、ゆっくりとこちらを振《ふ》り向《む》いた。

背《せ》は高く、ほっそりとした体つきだ。日に焼けた顔は小さくて、凛々《りり》しくて、雑誌《ざっし》に載《の》って
いるモデルみたいだ。そしてその右目には……眼帯《がんたい》？

右目に黒い眼帯をしている武将《ぶしょう》といったら……。

2、伊達政宗《だてまさむね》

「だ、伊達政宗？」

つぶやいた瞬間《しゅんかん》、

「いかにも」

鷹揚《おうよう》に武将《ぶしょう》がうなずいた。低くてよく通る声だ。

「いかにも、わしは仙台藩《せんだいはん》初代藩主、伊達政宗である」

「ええっ？」

思わず、後ずさった。

ないないないない！　こんなこと、あるわけない。

（本物……なわけないし。……もしかして、コスプレ？）

いぶかしむぼくを気にする様子もなく、「伊達政宗」は続けた。

「本日は仙田殿《せんだどの》に、わしが託《たく》した藤《ふじ》の話を聞きにまいった」

「政宗《まさむね》」の視線《しせん》をたどると、そこには、これ以上ないくらいの笑《え》みを浮《う》かべたおじいちゃんが立っていた。

よかった、とりあえずタイムスリップではないらしい。

（ってことは、ほんとは誰《だれ》なの、この「伊達《だて》政宗」？）

おじいちゃんの様子をうかがうと、あいかわらずニコニコしている。

ニコニコしながら、デジカメを構《かま》えた。

「直紀《なおき》、政宗公と一緒《いっしょ》に写真を撮《と》ってもらいなさい」

「え、いい……大丈夫《だいじょうぶ》」

首を振《ふ》った。

「遠慮《えんりょ》しなくてもいいんだぞ、直紀。おじいちゃんがお願いしておいたから」

いや、そういうことじゃなくて……。

「苦しゅうない。こちらへまいるがよい」

「伊達政宗」が、笑みを浮かべて手招《てまね》きしている。

（ダメだ。もう逃《に》げられない。行くしかない）

「……なんか、祖父《そふ》が、すみません」

頭を下げて、隣《となり》に並《なら》んだ。

「そなたが仙田殿《せんだどの》の孫の直紀殿《なおきどの》であるか」

（直紀殿って……）

ぷっとふき出しかけたのを、ギリギリで呑《の》み込《こ》んだ。

まなざしが、真剣《しんけん》だったからだ。

ぼくが子どもだから、わざと時代劇《じだいげき》みたいな話し方をしているのだろうと思っていたけど、そうではないらしい。

「直紀殿は幼《おさな》き頃《ころ》よりピアノや剣道《けんどう》をたしなんでいると、先ほど仙田殿よりうかがったばかりじゃ。文武両道《ぶんぶりょうどう》の自慢《じまん》の孫であると申しておられたぞ」

「いえ、それほどでも……」

ちらっと見ると、おじいちゃんは照れくさそうに白髪頭《しらがあたま》をかいている。

（ったく、おじいちゃんってば！）

「わしも剣《けん》を少々たしなむのだが、直紀殿の団体戦《だんたいせん》でのお役目は？」

「……次鋒《じほう》です」

剣道の団体戦は、先鋒《せんぽう》、次鋒、中堅《ちゅうけん》、副将《ふくしょう》、大将《たいしょう》の五人で闘《たたか》う。

「次鋒とは、流れを引き寄《よ》せねばならん重要なお役目であるな。して、直紀殿は強いのか？」

「ものすごく強くはないけど、弱くもないと思います。……でもぼく、勝つためだけにやって

いるわけではないので」

つぶやいた瞬間《しゅんかん》、「政宗《まさむね》」は「ほう」と眉《まゆ》を上げた。

「では、直紀殿《なおきどの》はなにゆえ剣道《けんどう》をやっておるのか?」

「……面白《おもしろ》いから」

「どの辺が面白いのじゃ?」

「相手の心を読むところ……かな……です」

「心を読む?」

「政宗」の左目が、チカリと光った。

「先生はいつも『試合は駆《か》け引きだ』といっています。ぼくも、相手が何を考えて、どんな技《わざ》を出そうとしているのかを見極《みきわ》めて、作戦を立てられるようになりたいと思っています」

そう答えると、「うむ」と「政宗」が大きくうなずいた。

「それは殊勝《しゅしょう》な心掛《こころが》けである。さすが、わしが見込《みこ》んだ仙田家《せんだけ》の子孫じゃ。……ときに直紀殿は、この藤《ふじ》の由来を知っておるのか?」

「はい。なんとなく、ですけど」

うなずくと、「政宗」はニコッと笑った。

「この藤は、わしが文禄《ぶんろく》の役《えき》に出陣《しゅつじん》した折に朝鮮《ちょうせん》半島から持ち帰り、直紀殿のご先祖《せんぞ》に預《あず》けたものじゃ。今から四二〇年以上前に預《あず》けた藤《ふじ》が今もこのように美しく咲き、民《たみ》の目を楽しませているとは、まことに祝着至極《しゅうちゃくしごく》である」

「……はあ」

言っていることはよくわからないけど、「喜《よろこ》んでいる」ということだけは伝わってくる。

――あくまで「伊達政宗《だてまさむね》」なんだ、この人は。

「仙田殿《せんだどの》、誠《まこと》に大儀《たいぎ》である。改めて礼を申す」

姿勢《しせい》を正して「政宗」が礼をすると、すかさず、

「恐悦至極《きょうえつしごく》に存《ぞん》じまする！」

おじいちゃんが深々と頭を下げた。

「政宗」は、「うむ！」と満足げにうなずいた。

「これからも民のため、この藤を守り続けていただきたい」

体中から〝殿《との》〟感がにじみ出ている。まるで本物の伊達政宗みたいだ。

（コスプレの人って、ここまで徹底《てってい》してるんだ）って、ちょっと感動した。

「お待たせして申《もう》し訳《わけ》ありません。今、迎《むか》えの車が到着《とうちゃく》しました！」

ぼくらが写真を撮《と》り終えた頃《ころ》、庭に男の人が駆《か》け込《こ》んできた。ピンクのシャツを着た痩《や》せて

背《せ》の高い男の人だ。歳《とし》は、お父さんと同じぐらいだろうか。

「仙田《せんだ》さん、ありがとうございました。次の撮影《さつえい》がありますので、我々《われわれ》はこれで失礼します」

その人がていねいに頭を下げると、「政宗《まさむね》」も「誠《まこと》にありがとうござった」と頭を下げた。

そして、カシャカシャと甲冑《かっちゅう》がきしむ音を立てながら、門に向かって歩き出した。

後ろ姿《すがた》をぼんやり見送っていたら、ふいに「政宗」が振《ふ》り返った。

「直紀殿《なおきどの》!」

「は、はい!」

「今度はぜひ、我《わ》が城へまいられよ」

「城?」

「仙台城《せんだいじょう》じゃ。仙台城で待っておるぞ」

笑顔《えがお》でそう言い残すと、さっそうと門の向こうに消えて行った。


「どうだ、直紀、びっくりしたろう?」

見送りから戻《もど》ってきたおじいちゃんは、まだニコニコしている。

「礼儀正《れいぎただ》しくて、堂々《どうどう》としていて、実に立派《りっぱ》な御方《おかた》だったろう?」

「う、うん」

2、伊達政宗

「さすが、うちのご先祖《せんぞ》さまがお仕《つか》えしたお方《かた》だけある」

自慢《じまん》げにうなずいている。

おじいちゃんの中では、今と昔がすっかり重なってしまっているらしい。

「それで、おじいちゃん、あの人、本当は誰《だれ》なの？」

おじいちゃんは「ん？」と首をかしげた。

「あれってコスプレでしょ？　すっかり伊達政宗《だてまさむね》になり切ってたね」

おじいちゃんの顔が「へっ？」に変わった。

「直紀《なおき》に……言ってなかったか？　最初に言ったつもりだったんだが」

「聞いてないけど？」

おじいちゃんには、こういう困《こま》った癖《くせ》がある。肝心《かんじん》なことを言い忘《わす》れるんだ。それでよく、おばあちゃんに叱《しか》られている。

「そうか、そうか、それは悪かったな」

大して悪そうな顔もせず、おじいちゃんは頭をかいた。

「あのお方は、『奥州《おうしゅう》・仙台《せんだい》おもてなし集団《しゅうだん》　杜乃武将隊《もりのぶしょうたい》』の伊達政宗さまだよ」

「奥州・仙台……」

聞いたことがある。戦国武将の恰好《かっこう》をして、仙台・宮城の観光ピーアールをしている人たちがいるって。

（そうか、杜乃武将隊《もりのぶしょうたい》の人だったんだ）

ポスターやパンフレットを見かけたことはあったけど、本物に会ったのは初めてだ。

「そうだ、直紀《なおき》。さっき政宗《まさむね》さまにこれをいただいたんだ」

おじいちゃんが差し出したのは、『杜乃武将隊　かわら版《ばん》』と書かれた冊子《さっし》だった。表紙には、ついさっきまでここにいた「伊達《だて》政宗」の写真が大きく使われている。

受け取って　パラパラめくる。

「ふうん」

どのページにも、甲冑《かっちゅう》を着た武将たちが写っている。どの写真もカッコいい。

「奥州《おうしゅう》・仙台《せんだい》おもてなし集団《しゅうだん》　杜乃武将隊……かぁ」

つぶやいた瞬間《しゅんかん》、胸《むね》の奥《おく》がぎゅん！　と熱くなった。

3、伝言

ミーンミンミンミン、ミーンミンミンミンミン。

七月も半ばを過《す》ぎると、藤《ふじ》の庭の主役は蝉《せみ》に変わる。おじいちゃんの庭からも、まわりの家の庭からも、にぎやかな蝉の声が聞こえている。

藤棚《ふじだな》はすっかり花が終わって、葉っぱだけがモサモサ茂《しげ》り、地面に濃《こ》い影《かげ》を落としている。

夏休みに入っても、ぼくの一週間にそれほどの変化はない。学校で過ごしていた時間が、家に置《お》き換《か》わっただけだ。

午前中は宿題をしたり、本を読んだりして過ごし、午後は剣道《けんどう》クラブやピアノ教室・書道教室に通う。合間は、おじいちゃんの家でピアノを弾《ひ》く。

夏休みならではのイベントといえば、お父さんの単身赴任先《ふにんさき》をお母さんと二人で訪《たず》ねることぐらいだ。

長い休みに電車を乗《の》り継《つ》いでお父さんに会いに行くのが、小学校に入った頃《ころ》からのぼくとお母さんの大イベントになっている。

「今年は、秋田経由《けいゆ》で青森へ行くわよ」と、お母さんは張《は》り切っていた。

(そろそろ電車の時間を調べて、計画を立てなきゃな)

剣道《けんどう》の稽古《けいこ》から戻《もど》ったぼくは、考えながらおじいちゃんの家に上がり込《こ》んだ。

「ただいまー!」

リビングに声をかけて、そのままピアノのある部屋に入ろうとしたところで、「直紀《なおき》、ちょっといいかな」と呼《よ》び止《と》められた。

珍《めずら》しいことだ。おじいちゃんもおばあちゃんも、いつもぼくに気を使ってくれて、練習前に声をかけてくることなんてめったにないのに。

「なに?」

「実はさっき政宗《まさむね》さまから電話があって、直紀に伝言を頼《たの》まれたんだ」

「まさむね……さま?」

首をかしげると、おじいちゃんがニコッと笑った。

「杜乃《もりの》武将隊《ぶしょうたい》の伊達《だて》政宗さまだよ」

「もりの……あっ!」

3、伝言

藤《ふじ》の庭で初めて会ったときのことを思い出した。

それから、仙台城《せんだいじよう》で杜乃武将隊《もりのぶしようたい》の演武《えんぶ》を観《み》たときのことも。

頭の中に、あの日見た光景がよみがえってきた。


あれは、ちょうど二か月前。庭の開放が終わり、藤《ふじ》の花の片《かた》づけも終わった、五月最後の日曜日だった。

「我《わ》が城へまいられよ」

その言葉を受けて、ぼくはおじいちゃんと仙台城に向かった。

「直紀《なおき》と一緒《いつしよ》にお城に行く日が来ようとはなぁ」

車を運転するおじいちゃんは、ぼくの三倍ぐらいウキウキしていた。

広瀬川《ひろせがわ》にかかる澱橋《よどみばし》を渡《わた》り、宮城県美術館《びじゆつかん》、仙台国際《こくさい》センターを過《す》ぎると、そこから道は急な上り坂になった。

仙台の観光ポスターによく使われる白い壁《かべ》、黒い屋根の隅櫓《すみやぐら》の前を左に曲がると、杉木立《すぎこだち》の中、立派《りつぱ》な石垣《いしがき》が現《あらわ》れて、坂はいよいよ急になる。

おじいちゃんは運転しながら、「この道は、昔、仙台藩《はん》の家臣《かしん》たちがお城に出仕《しゆつし》するために登った〝登城路《とじようろ》〟だったんだ」とか、「仙台城には、時代劇《じだいげき》でよく見るような天守閣《てんしゆかく》はなかったが、かわりに、崖《がけ》に突《つ》きだした〝懸造《かけづくり》〟という伊達家《だてけ》独特《どくとく》の建物があったんだよ」とか、上機嫌《じょうきげん》で教えてくれた。

着いてみて驚《おどろ》いたのは、「政宗《まさむね》」やおじいちゃんが「仙台城《せんだいじょう》」と呼んでいた場所が、正式には「仙台城跡《あと》」といって、文字通り「跡」だったことだ。

昔の建物は何もない。あるのは伊達政宗の騎馬像《きばぞう》と、お土産屋《みやげや》さんやフードコートが入った本丸会館、青葉城資料展示館《あおばじょうしりょうてんじかん》、宮城県護国《ごこく》神社、仙台城見聞館《けんぶんかん》だけだ。

杜乃武将隊《もりのぶしょうたい》は、そんな仙台城跡の北側にある広場で演武《えんぶ》をしていた。ぼくとおじいちゃんは、広場をぐるりと取り囲《かこ》んだ人たちの後ろの方でそれを見た。

初めて見た演武は、「かっこいい!」のひと言だった。

甲冑《かっちゅう》に身を包んだ武将たちが勇壮《ゆうそう》な音楽に合わせて舞《ま》い、跳《と》び、刀を振《ふ》るう。

背中《せなか》に「香車《きょうしゃ》」と刺繍《ししゅう》された青い陣羽織《じんばおり》を着て、力強く刀を振るう武将がいた。黒い釣鐘《つりがね》が描《えが》かれた茶色い陣羽織で、金色の扇《おうぎ》を振るう武将がいた。緑の陣羽織と白い陣羽織の武将は、それぞれ槍《やり》を振るっていた。

中でも目立っていたのは、背中《せなか》に伊達家の家紋《かもん》である「竹に雀《すずめ》」の刺繍がついた黒地に赤い山形模様《もよう》の陣羽織を着た武将——政宗さんだった。

政宗さんは、他の武将たちを鼓舞《こぶ》しながらしなやかに刀を振るっていた。

3、伝言

「暁《あかつき》の光となりて、今、闇《やみ》を斬《き》るっ！」

クライマックスで政宗《まさむね》さんが台詞《せりふ》とともにポーズを決めた瞬間《しゅんかん》、

――ぎゅん！

心臓《しんぞう》が、痛《いた》いぐらいに高鳴った。

おじいちゃんも、「すごいもんだなぁ」と目を丸くしていた。

結局、あまりのかっこよさと人気ぶりに圧倒《あっとう》されたぼくらは、政宗さんに声をかけることもできないまま、仙台城《せんだいじょう》から帰ってきたのだった。


あれから二か月。〝政宗さんからの伝言〟と聞いた瞬間、あの日の胸《むね》の高鳴りがよみがえってきた。

「政宗さんが、ぼくに？　なんて？」

「明日の午後、仙台城に来てほしいそうだ」

「明日？　ずいぶん急だね」

「なんでも『杜乃武将隊《もりのぶしょうたい》の手伝いをしてほしい』とかで……。直紀《なおき》にぜひ頼《たの》みたい役があるんだそうだ。甲冑《かっちゅう》を着て演武《えんぶ》をする役らしい」

「役？」

胸の鼓動《こどう》が速さを増《ま》した。

「急なことだし、『まずは保護者《ほごしゃ》の了解《りょうかい》をとりたい』というので、さっき佐和子《さわこ》さんにも電話して聞いてみた」

おじいちゃんが仕事中のお母さんに電話をするなんて、よっぽどのことだ。

「お母さんは、なんて？」

「うん。『直紀《なおき》がやりたいというなら、やらせてください』と言っていた」

予想通りだ。お母さんは昔からそうなんだ。ピアノの時も剣道《けんどう》の時も、「直紀がやりたいと思うなら、やりなさい。自分で決めたことなら、大丈夫《だいじょうぶ》、絶対《ぜったい》に大丈夫。きっとうまくいくから」と励《はげ》ましてくれた。

「遊びじゃないんだぞ、直紀」

おじいちゃんが、まじめな顔でぼくを見つめる。

「それでも、やるか？」

眉根《まゆね》を寄《よ》せて厳《きび》しい顔をしているけど、目の奥《おく》が笑ってる。

ぼくが杜乃武将隊《もりのぶしょうたい》の手伝いをすることが、あの政宗《まさむね》さんと一緒《いっしょ》に何かをすることが、うれしくてたまらないらしい。——もちろん、ぼくもだ。

杜乃武将隊に参加する。かっこいい甲冑《かっちゅう》を着て、戦国武将になる！

考えただけでわくわくする。

「やる!」

力いっぱいうなずいた。

「そうか、やるか!」

おじいちゃんの顔が、ようやくゆるんだ。

「じゃあ、さっそく政宗《まさむね》さまに返事をしておくからな」

「うん、お願い」

そう言って、ピアノがある部屋に入った。

ドアを閉《し》めた瞬間《しゅんかん》、体中がカーッと熱くなってきた。

胸《むね》がドキドキして、居《い》ても立ってもいられない。

「よしっ!」

小さくガッツポーズをして、ピアノの前に座《すわ》った。

鍵盤《けんばん》に指をのせた瞬間、指が勝手に動き出す。

大好きなモーツァルトの『トルコ行進曲』は、ぼくの胸の鼓動《こどう》のように、どんどん速くなっていった。

4、杜乃武将隊《もりのぶしょうたい》

「仙田《せんだ》さん、直紀《なおき》くん、お久《ひさ》しぶりです。この度《たび》は、ありがとうございます」

次の日、車で迎《むか》えに来てくれたのは、前に藤《ふじ》の庭で会った男の人だった。

ベージュのパンツに黒いポロシャツを着たその人は、「杜乃武将隊のスタッフをしている、山部《やまべ》です」と名乗ると、ニコッと笑った。

「直紀、しっかりな。政宗《まさむね》さまによろしく伝えてくれ」

「ちゃんとごあいさつするのよ」

おじいちゃんとおばあちゃんに見送られて家を出ると、車は仙台《せんだい》の中心部に向かって走り出した。

（え？　仙台城じゃないの？）

心の声に、山部さんは気づいたらしい。

「今日は初めてなので、本陣《ほんじん》で顔合わせをすることにしました」

「ほんじん?」

「戦《いくさ》のときに大将《たいしょう》がいる場所のことです。杜乃武将隊《もりのぶしょうたい》のメンバーは事務所《じむしょ》のことを、『本陣《ほんじん》』と呼《よ》んでいます。ちなみに、お城におもてなしに出かけるのは『出陣《しゅつじん》』、本陣に帰るのは『帰陣《きじん》』といいます。面白《おもしろ》いでしょう?」

「……はぁ」

政宗《まさむね》さんのことを思い出した。

藤《ふじ》の庭で初めて会った時、政宗さんは徹底的《てっていてき》に「伊達《だて》政宗」だった。もちろん、お城で演武《えんぶ》をしていたときも。

(ぼくもあんな風になれるのかな?)

少し心配になってきた。


「改めまして、直紀《なおき》くん、今日はありがとうございます」

少し走ると、ハンドルを握《にぎ》ったまま、山部《やまべ》さんが頭を下げた。

「驚《おどろ》いたでしょう? 昨日、殿《との》から急に連絡《れんらく》がいって」

「え、あ、はい」

政宗さんは、会社の人からもフツーに「殿」って呼ばれているらしい。

「無理なお願いをしてしまって、申《もう》し訳《わけ》ないと思っています。せっかくの夏休みに。友だちと遊ぶ予定もいろいろあったでしょうに」

「いいえ。もともと夏休みは暇《ひま》だったんで……」

本当だ。友だちと遊ぶ予定なんてない。前にクラスの子にゲームに誘《さそ》われたことがあったけど、「今日は剣道《けんどう》の稽古《けいこ》なんだ」とか「ピアノのレッスンあって」と断《ことわ》っているうちに、やがて誘われなくなった。寂《さび》しい気持ちもあったけど、もう慣《な》れた。ぼくにとっては、ゲームよりその二つの方が大事なものだと思っているから。

「おじいちゃんも喜《よろこ》んでました。ぼくもです。甲冑《かっちゅう》を着て武将《ぶしょう》になるなんてめったにできない体験だし、政宗《まさむね》さんと一緒《いっしょ》にいられるのもうれしいです」

答えた瞬間《しゅんかん》、「えっ」と、山部《やまべ》さんが息をのんだ。

「直紀《なおき》くん、ひとつ聞いてもいいですか？　直紀くんは今回のことを、仙田《せんだ》さんからどういうふうに聞きましたか？」

「政宗さんが杜乃武将隊《もりのぶしょうたい》の手伝いをしてほしいと言ってるって……」

「他には？」

「頼《たの》みたい役がある、って」

「どんな役かは？」

「……聞いてません」

「そうですか……」

額《ひたい》の汗《あせ》をハンカチで拭《ぬぐ》いながら、山部《やまべ》さんはそっとため息をついた。

……ため息？　嫌《いや》な予感がする。

「山部さん、ぼく、杜乃武将隊《もりのぶしょうたい》の手伝いをするんですよね？　甲冑《かっちゅう》を着て、戦国武将になるんですよね？」

「うーん。正直に言うと、半分あたりで、半分はずれです」

山部さんは、前を向いたまま眉根《まゆね》を寄《よ》せた。

「はずれって、どこがですか？」

「それはその……」

額に手の甲《こう》をあてて、こんこんと叩《たた》いている。

何と言おうか、考えているのが伝わってくる。

ぼくは試合の前みたいに、おへその下の丹田《たんでん》に力を入れて深呼吸《しんこきゅう》をした。

何を聞かされても、驚《おどろ》いたり、あわてたりしないように。

しばらくして、「直紀《なおき》くん」と、山部さんが口を開いた。

「ちょっとこれを見てもらえますか?」

言いながら、胸《むね》ポケットから小さく畳《たた》まれた紙をとりだした。

受け取って、広げた瞬間《しゅんかん》固まってしまった。

チラシの中央に、伊達政宗《だてまさむね》がいる。甲冑《かっちゅう》を着た政宗さんが、刀を構《かま》えてカッコいいポーズをとっている。

下の方には武将隊《ぶしょうたい》のメンバーがいる。楽しげな集合写真には、「キミも杜乃《もりの》武将隊の一員になろう!」「夏休みを、我《われ》ら杜乃武将隊と一緒《いっしょ》にすごそう!」という吹《ふ》き出しが添《そ》えられている。……ここまでは、いい。

問題は、チラシの一番下にある一文だ。

太い字でこう書いてあった。

ちびっこ足軽《あしがる》　大募集《だいぼしゅう》!

「……あしが……る?」

ようやく声が出た。

山部《やまべ》さんは「はい」と、小さくうなずいた。

「ちびっこ足軽……武将じゃ、ないんだ」

耳の奥《おく》でキーンと音がする。

「直紀《なおき》くん、説明しますね。この夏、杜乃武将隊《もりのぶしょうたい》は夏休み特別企画《きかく》として、体験入隊の〝ちびっこ足軽《あしがる》〟を募集《ぼしゅう》したんです。そのチラシの裏《うら》を見てください」

言われた通りに裏返《うらがえ》すと、

■募集人員／一名。
■対象《たいしょう》／仙台《せんだい》市内に住んでいる小学五年生または六年生。
■期間／二〇一九年八月一日から二五日まで。
■出陣《しゅつじん》先／主に仙台城跡《せんだいじょうあと》。
■時間／午前一〇時から午後四時頃《ころ》まで。
※初陣《ういじん》までに二週間程度《ていど》の稽古《けいこ》あり。

とある。

「稽古、二週間も……ですか？」

「はい」と、山部《やまべ》さんは前を向いたままうなずいた。

「たとえ体験入隊でも、杜乃武将隊の一員になってもらうわけですから。でも、足軽はあまり人気がないようで……。応募《おうぼ》してきたのはたった六人でした」

逆《ぎゃく》に驚《おどろ》いた。期間がほぼ一か月間とか、稽古が二週間とか、そんな厳《きび》しい条件《じょうけん》でも〝ちびっこ足軽《あしがる》〟になりたい子がそんなにいたのか、と。

「結局、小学六年生の子が選ばれて……」

ぼくよりひとつ年上だ。

「小柄《こがら》な子でしたが、誰《だれ》よりも熱意のある子でした。順調に稽古《けいこ》も進んでいたんですが……。一昨日《おととい》の夜、怪我《けが》をしてしまったんです。家でも稽古をしていたらしくて。右足の骨折《こっせつ》だそうです。かわいそうに」

山部《やまべ》さんは眉根《まゆね》を寄《よ》せて、ふうーっとため息をついた。

「親御《おやご》さんから連絡《れんらく》が入ったのは、昨日の朝でした。すぐに最終選考に残った子たちに連絡したんですが、すでに夏休みに入っているということもあって、断《ことわ》られてしまいました」

「やめるという選択肢《せんたくし》はなかったんですか?」

なかったからこそ、ぼくがここにいるんだろうけど。

「もう予定を組んでしまっていたので。お披露目《ひろめ》の四日前ですから、大騒《おおさわ》ぎになりました。で、武将隊《ぶしょうたい》のメンバーと話し合った結果、『とにかく少しでも可能性《かのうせい》のある子に声をかけてみよう』ということになったんです。そこで殿《との》が、『直紀《なおき》くんはどうか?』と言い出して……」

政宗《まさむね》さんが推《お》してくれたのはうれしい。

(うれしいけど、〝ちびっこ足軽〟って……)

「直紀《なおき》くん、大丈夫《だいじょうぶ》ですか？」

「え、あ、……はい」

うなずいたものの、「うれしい」と「ビミョー」で、頭の中はこんがらがっている。

「もうひとつ言ってしまうと、たぶん直紀《なおき》くんは、あまり殿《との》とは一緒《いっしょ》にいられないと思います」

「えっ？」

「ありがたいことに、最近はいろいろなイベントへの出陣依頼《しゅつじんいらい》が増《ふ》えてきていて、この夏、杜乃武将隊《もりのぶしょうたい》はものすごく忙《いそが》しいんです。中でも殿《との》への出陣依頼は多いので、お城を留守《るす》にすることも多くて」

「そう……なん……ですね」

しまった。あからさまに、力が抜《ぬ》けた声になってしまった。

「直紀くん、本当に大丈夫ですか？」

「だ、大丈夫です」

ありったけの力を振《ふ》り絞《しぼ》って、うなずいてみせた。

それからもう一度丹田《たんでん》に力を込《こ》めて、（大丈夫、絶対《ぜったい》に大丈夫）と心の中でとなえた。お母さんが教えてくれた、困《こま》ったときのおまじないだ。

5、本陣《ほんじん》

「さあ、着きましたよ」

家を出てから、一五分ほど走ったところで、山部《やまべ》さんは車を止めた。街路樹《がいろじゅ》が立ち並《なら》ぶ、きれいな通り沿《ぞ》いにあるビルの前だ。

「今日はこのあと市内への出陣があるので、もう全員揃《そろ》っているはずです」

ビルの駐車場《ちゅうしゃじょう》に車を入れると、山部さんはエレベーターに乗り込《こ》んだ。

「殿《との》もお城から戻《もど》っているはずですよ」

「殿」と言われた瞬間《しゅんかん》、ドキッとした。

政宗《まさむね》さんと直接《ちょくせつ》話をしたのは、五月のあのときだけだ。お城では、人だかりの後ろの方で演武《えんぶ》をみただけで、あいさつもできなかった。

（どんな顔をしたらいいんだろう？　何て言ったらいいんだろう？）

考えているうちに、エレベーターが停《と》まった。

「ここです」

山部《やまべ》さんはエレベーターを降《お》りると、フロアの奥《おく》のドアの中に消えて行った。

（あの中に、杜乃武将隊《もりのぶしょうたい》の人たちがいるのか……）

ドキドキしながら見つめていたら、ドアが開いて人が出てきた。

山部さん？　……ではない。陣羽織姿《じんばおりすがた》の武将《ぶしょう》だ。頭に兜《かぶと》はなく、「く」の字に折れ曲がった黒い帽子《ぼうし》を被《かぶ》っている。

「直紀殿《なおきどの》！」と、その人に呼《よ》ばれた。聞き覚えのある低い声——政宗《まさむね》さんだ。

「ひさしぶりじゃな。さあ、中へ入るがよい。皆《みな》が待っておるぞ」

ドアの前に立ち、手招《てまね》きしている。

（政宗さん、どうしてぼくだったんですか？）

（どうしてぼくが〝ちびっこ足軽《あしがる》〟なんですか？）

聞きたいことは山ほどある。けれど、言葉が出てこない。

「直紀殿、さあ、はよう！」

「……あ、はい」

小さなモヤモヤを抱《かか》えたまま、ぼくは本陣《ほんじん》に足を踏《ふ》み入れた。

本陣《ほんじん》の中は二つの部屋に分かれていた。パソコンが載《の》った机《つくえ》が並《なら》んでいる部屋と、その奥《おく》のカーペットが敷《し》き詰《つ》められた広い部屋だ。

広い部屋の方は、壁《かべ》のひとつが大きな鏡になっていて、周囲《しゅうい》の壁には刀や兜《かぶと》がきれいに並べられている。——どうやらここは稽古場《けいこば》らしい。

そしてそこに、杜乃武将隊《もりのぶしょうたい》のメンバーはいた。武将はみな政宗《まさむね》さんと同じく、陣羽織《じんばおり》に黒い帽子《ぼうし》のようなものというスタイルだ。

「みなさん、こちらが仙田直紀《せんだなおき》くんです。直紀くんは、五月に『かわら版《ばん》』の取材でお世話になった、仙田さんのお孫さんです」

山部《やまべ》さんの言葉に、全員の視線《しせん》がぼくに集まる。

「せ、仙田直紀です。国守《くにもり》小学校の五年生です」

ドギマギしながらあいさつをすると、すかさず「直紀殿《どの》」と呼《よ》びかけられた。

政宗さんだ。

「こたびの急な頼《たの》み、快《こころよ》く引き受けてくれたと仙田殿からうかがった」

「え？　……あ、はい」

昨日「やる！」と言った時の、おじいちゃんのうれしそうな顔を思い出した。

「杜乃武将隊の窮地《きゅうち》を救《すく》ってくれたこと、誠《まこと》にかたじけなく思うておる。〝ちびっこ足軽《あしがる》〟、

よろしく頼《たの》むぞ」

政宗《まさむね》さんが言うと、他の武将《ぶしょう》たちも「よろしくお頼み申す」と頭を下げた。

大人に、こんな風に頼まれるのは初めてだ。

この場にいる全員が、ぼくに期待してくれているのが伝わってくる。

――こうなったら、やるしかない。

「よろしくお願いします！」

力いっぱい頭を下げた。

顔を上げると、

「直紀殿《なおきどの》は剣道《けんどう》が得意《とくい》だそうじゃな。ともに励《はげ》もうぞ！」

青い陣羽織《じんばおり》を着た武将《ぶしょう》が、まっさきに声をかけてくれた。

背《せ》が高く、髭《ひげ》を生やしているこの武将はたしか、「伊達三傑《だてさんけつ》・武の武将」伊達成実《しげざね》さんだ。

『杜乃《もりの》武将隊かわら版《ばん》』には、「伊達政宗のいとこで、亘理《わたり》伊達家の初代当主」と書いてあったっけ。

ぼくはゆうべ、何度も「かわら版」を読み返した。剣道《けんどう》クラブの先生はいつも言っている。

「まず敵《てき》を知ることが大切だ」って。

勝負ではないけれど、参加する以上は力を出し切りたい。どうせなら、「頼んでよかった」

と言われたい。そう思って、誰《だれ》がどういう人物なのか諳《そら》んじられるくらい読み込《こ》んだんだ。

「直紀殿《なおきどの》は『子平町《しへいまち》の藤《ふじ》』の家の子だそうじゃな。よろしくお頼《たの》み申す！」

次に声をかけてくれたのは、茶色い陣羽織《じんばおり》をまとった武将《ぶしょう》……。「伊達三傑《だてさんけつ》・智《ち》の武将」片倉小十郎景綱《かたくらこじゅうろうかげつな》さんだ。

景綱さんは、「伊達政宗《まさむね》の傅役《もりやく》を務《つと》めた」とも書いてあったっけ。

「急なことで驚《おどろ》かれたであろうが、よろしくな」

緑色の陣羽織を着て槍《やり》を手にした武将は、「伊達三傑・吏《り》の武将」の茂庭綱元《もにわつなもと》さん。彫《ほ》りが深い顔立ちの、落ち着いた雰囲気《ふんいき》の人だ。

「直紀殿、よろしくお頼み申す！」

細身で背《せ》が高く、シュッとした超《ちょう》イケてる顔。白い陣羽織を羽織《はお》ったこの武将は、ええと……。

「拙者《せっしゃ》は、片倉小十郎景綱の嫡男《ちゃくなん》、片倉小十郎重綱《しげつな》。人呼《ひとよ》んで『鬼小十郎《おにこじゅうろう》』でござる」

切れ長の目で微笑《ほほえ》んだ重綱さんは、メンバーの中でいちばん若《わか》く、いちばんやさしそうに見えた。

「ボンジョールノ！」

外国の言葉で明るく声を掛《か》けてくれたのは、甲冑《かっちゅう》ではなく白地に鹿や植物が描《えが》かれた派手《はで》な羽織袴姿《はおりはかますがた》の支倉六右衛門常長《はせくらろくえもんつねなが》さんだ。たしか、今から四〇〇年前に「慶長遣欧使節《けいちょうけんおう》」を率《ひき》いてローマまで行ったって書いてあった。

「いっしょにがんばりましょうね」

おだやかな笑顔《えがお》を向けてくれた黒い着物に黒い頭巾《ずきん》の人は、江戸《えど》時代の俳人《はいじん》・松尾芭蕉《まつおばしょう》さん。

「よろしくお願いいたしまする！」

明るい声、きらっきらの笑顔。真っ赤な衣裳《いしょう》に身を包んだこの人は、杜乃武将隊《もりのぶしょうたい》でただ一人の女の人「くの一」の花さんだ。

杜乃武将隊は全部で八人。残るは……。

「直紀殿《なおきどの》」

政宗《まさむね》さんがおもむろに口を開くと、みんなが一斉《いっせい》に姿勢《しせい》を正した。

圧倒的《あっとう》な〝殿《との》〟感に、稽古場《けいこば》の空気が引《ひ》き締《し》まる。

「短い期間ではあるが、仙台《せんだい》・宮城のため、このまちの民《たみ》のため、ともに力を尽《つ》くしてまいろう！　……皆《みな》、よいな！」

「はっ！」と、全員が声を上げた。「はい！」と、少し遅《おく》れてぼくも答えた。

政宗さんは「うむ」とうなずくと、

「で、直紀殿《なおきどの》の名であるが……常長《つねなが》！」と、常長さんを呼《よ》んだ。

「ははっ！」

常長さんは前に歩み出ると、懐《ふところ》から紙を取り出した。

「これは私《わたし》が作った足軽《あしがる》の身上書《しんじょうしょ》、つまりプロフィールです。杜乃武将隊《もりのぶしょうたい》のメンバーは、伊達政宗《だてまさむね》さまをはじめほぼ全員が実在《じつざい》の人物です。調べれば、どういう人物かだいたい分かります。我々《われわれ》は『戦国の世から現世《げんせ》によみがえった存在《そんざい》』として活動しています」

なんとなくわかる。政宗さんはじめ、ここにいる人は全員本物みたいだ。

たぶん、そういうことなのだろう。

「しかし、直紀《なおき》くんにお任《まか》せする足軽は、実在の人物ではありません。杜乃武将隊の一員として活動していただくには、どういう人物かをしっかり考えておく必要があります」

「足軽……なのに、ですか？」

テレビの時代劇《じだいげき》で見た足軽は、武将に比《くら》べたら超脇役《ちょうわきやく》だ。戦《いくさ》のシーンでは、まっさきにやられてしまう。顔も映《うつ》らないし、エンドロールに名前も出ない。

「足軽だからこそ！　です」

力を込《こ》めて、常長さんは言い切った。

「戦国時代、合戦の主力は足軽たちでした。最前線で戦う足軽の活躍《かつやく》なくして、戦は成立しませんでした」

「はぁ」

「杜乃武将隊《もりのぶしょうたい》においても、足軽《あしがる》は大切な存在《そんざい》です。だからこそプロフィールをしっかり作っておく必要があるのです。ちなみに、我《われ》らはお客さまが目の前にいてもいなくても、気を抜《ぬ》くことはありません。言葉づかいも、態度《たいど》もです」

常長《つねなが》さんの言葉に、全員がうなずいている。

「慣《な》れないうちは、衣装《いしょう》がスイッチだと思ってください。衣装を着けたら、別な人間になります。本陣《ほんじん》でも、控室《ひかえしつ》でも。それを忘《わす》れないでください。では!」

常長さんは紙を開き、

「足軽　直太《なおた》。四四〇歳《さい》!」と、よく通る声で読み上げた。

「直太は生まれて間もなく、戦《いくさ》で親兄弟を失った。焼《や》き払《はら》われた村で死にかけていたところを政宗公《まさむねこう》に助けられ、伊達軍《だてぐん》の足軽組頭《くみがしら》・杜野与六《もりのよろく》に預《あず》けられ、育てられた。命を助けていただいたご恩《おん》に報《むく》いるため、政宗公に仕《つか》えている」

読み終えると常長さんは、「今日からあなたは足軽の直太です」と、その紙をぼくに差し出した。

「足軽の……直太」

声に出したら、胸《むね》にズン！　ときた。〝ちびっこ足軽《あしがる》〟って、子どもが足軽の格好《かっこう》をするだけの、もっとお気楽なものかと思っていたのに。

受け取った紙を見つめていたら、さっそく「直太《なおた》！」と呼《よ》ばれた。

「皆《みな》の言うことをよくきいて、しっかり励《はげ》むのだぞ」

藤《ふじ》の庭で初めて会った時と同じ〝殿《との》〟感一〇〇％の政宗《まさむね》さんだ。

背筋《せすじ》を正して「はい！」とうなずく。

「うむ、よい返事じゃ。とまどうことも多かろうが、わからないことは何でも聞くがよい。今日から我《われ》らは、ともにこのまちのためにおもてなしに励む仲間じゃ。わしのことは『兄ちゃん』と思うてくれてよいぞ」

政宗さんの言葉に笑いが起こる。稽古場《けいこば》の空気が一気に緩《ゆる》んだ。

どうやら、和《なご》ませてくれようとしたらしい。

「は、ははは」

みんなといっしょに笑いながら、（思えるわけないじゃないですか！）とつぶやいた。心の中で。

6、仙田家《せんだけ》

カナカナカナカナ。カナカナカナカナカナ。

葉っぱが主役になった藤《ふじ》の庭に、高く澄《す》んだヒグラシの声が響《ひび》いている。

本陣《ほんじん》から戻《もど》ったぼくを縁側《えんがわ》で迎《むか》えてくれたおじいちゃんは、

「そうか、『直太《なおた》』かぁ。直紀《なおき》が杜乃武将隊《もりのぶしょうたい》の足軽《あしがる》とは、大したもんだなぁ」

そういって、うれしそうに笑った。

「どこが？　足軽だよ？　それも、〝ちびっこ足軽〟だよ？」

はぁーっとため息をついて、おばあちゃんが出してくれた冷たい麦茶をごぶりと飲んだ。

「おじいちゃん、知ってたんでしょ？　昨日、政宗《まさむね》さんからの電話で聞いてたんじゃないの？」

「ん？　言ってなかったか？　〝ちびっこ足軽〟と言ったつもりだったんだが」

「またか」とため息が出た。

おじいちゃんの肝心《かんじん》なことを言い忘《わす》れる癖《くせ》、どうにかしてほしい。

「そうか、言ってなかったか。それは悪かったな」

いつものように、大して悪そうな顔もせず、おじいちゃんは麦茶を飲んだ。

「でもなぁ、おじいちゃんはうれしいぞ。直紀《なおき》が足軽《あしがる》として政宗公《まさむねこう》にお仕《つか》えすると知ったら、きっとご先祖《せんぞ》さまも喜《よろこ》んでくださるんじゃないかなぁ」

「ご先祖さまが？　どうして？」と聞くと、おじいちゃんは「うん」とうなずきながらコップを置いた。

「いい機会だから、直紀に我《わ》が仙田家《せんだけ》の歴史《れきし》を聞かせてやろう」

そして、膝《ひざ》に手を置いて背筋《せすじ》を正した。つられてぼくも背筋を伸《の》ばした。

「今から四二〇年以上前の話だ。そもそも我が仙田家のご先祖さまは、宮城県の北の方を領《りょう》地《ち》にしていた葛西氏《かさいし》に仕えていた」

「……葛西氏」

初めて聞く名前だ。

「あるとき、葛西氏は大崎氏《おおさきし》とともに立ち上がり、一揆《いっき》を起こした」

「一揆って？」

「反乱《はんらん》のことだ。その頃《ころ》、天下を治めようとしていた豊臣秀吉《とよとみひでよし》のやり方に不満を抱《いだ》いて、反乱を起こしたんだ。この一揆《いっき》をしずめたのが、伊達政宗公《だてまさむねこう》だった」

「えーっ、じゃあ、ご先祖《せんぞ》さまからしたら、伊達政宗は敵《てき》だったってこと？」

「そういうことになるな」

「でもさ、仙田家《せんだけ》は代々、仙台藩《せんだいはん》に大工棟梁《とうりょう》として仕《つか》えて来たって、前におじいちゃん、言ってたよね？　どうして敵だった伊達政宗に……」

「直紀《なおき》！」

おじいちゃんに、さえぎられた。いつになく真剣《しんけん》な顔をしている。

「なに？」

「政宗公だ」

「え？」

「伊達政宗公の名前を出す時は、呼《よ》び捨《す》てではなく『公』をつけなさい」

「どうして？　だって、伊達政宗は、伊達政宗でしょ？」

おじいちゃんは首をふった。

「政宗公は、仙台のまちの土台を築《きず》いた立派《りっぱ》な殿《との》さまだ。そして、我《わ》が仙田家にとっては特別なお方なんだ」

「どういうこと？」

「戦国時代、武士《ぶし》たちは自分の領地《りょうち》・領民《りょうみん》を守るために命をかけて戦った。負けた家の家来であれば、殺《ころ》されても文句《もんく》は言えない。滅《ほろ》ぼされた葛西家《かさいけ》に仕《つか》えていた、我《わ》がご先祖《せんぞ》さまもだ。なのに政宗公《まさむねこう》は、召《め》し抱《かか》えてくださったのだ」

「どうして？」

「たぶん、仕えるべき主君を失って路頭に迷《まよ》うことになったご先祖さまを救《すく》ってくださろうと考えたのではないかなぁ。我がご先祖さまだけではない。政宗公は当時、自分が攻《せ》め落とした他家の家来を大勢《おおぜい》召し抱えていたらしい」

「ふうん。なんか、いい殿《との》さまだったんだね」

ふっと、おじいちゃんの顔がゆるんだ。

「うちの蔵《くら》から出てきた古文書には、仙田家《せんだけ》の初代にあたるご先祖さまは、政宗公に大工として召し抱えられたと記されていた」

「もともと大工だったの？」

「わからない。古文書には『葛西浪人《ろうにん》』としか書かれていなかった。『浪人』というのは、仕えるべき主君を失った武士のことだ」

「武士ってことは……」

おじいちゃんは、「足軽《あしがる》だったかもしれないなぁ」とうなずいた。

「ご先祖《せんぞ》さま、きっとがんばったんだね」

「そうだ。がんばって政宗公《まさむねこう》にお仕《つか》えしたんだ。あの藤《ふじ》も……」

言いながら、庭の奥《おく》の藤の木を見つめた。

「ご先祖さまが一生懸命《いっしょうけんめい》お仕えしたからこそ、政宗公に託《たく》されたのだと思うんだ。大工として召《め》し抱《かか》えられたご先祖さまは、四代目で『仙田《せんだ》』という名字を許《ゆる》され、五代目になると仙台《せんだい》藩《はん》の大工棟梁《とうりょう》を任されるようになった。以来、江戸《えど》時代の終わりまで、大工棟梁を務《つと》めた。仙田家があるのは、政宗公がご先祖さまを召し抱えてくださったおかげだ。おじいちゃんや直《なお》紀《き》が今、こうしていられるのもな。つまり……」

「政宗公は、仙田家の恩人《おんじん》ってことだね」

「そうだ」と、おじいちゃんは大きくうなずいた。

「そんな大恩《だいおん》ある政宗公にお仕えすることができるのであれば、ご先祖さまもきっと大いに喜《よろこ》んでくださると思うぞ」

政宗公が仙田家にとって特別な人というのはわかったけれど、それはあくまで〝本物の〟伊《だ》達《て》政宗公であって、〝杜乃武将隊《もりのぶしょうたい》の〟じゃない。おじいちゃんは、そこがごちゃまぜになっている。

6、仙田家

「何より……」

おじいちゃんが顔をあげた。夕焼けに染《そ》まりはじめた空を見上げている。

「おもしろいじゃないか」

絞《しぼ》り出すような声。そっとうかがうと、目がちょっとだけうるんでいる。

「ご恩《おん》を受けた仙田家《せんだけ》の子孫が、四二〇年後に政宗公《まさむねこう》と再《ふた》び巡《めぐ》り合い、足軽《あしがる》としてお仕《つか》えすることになるなんて、おもしろいじゃないか。おじいちゃんには、偶然《ぐうぜん》とは思われない」

「本物じゃないけどね」「杜乃武将隊《もりのぶしょうたい》の政宗さんだけどね」

茶化《ちゃか》すつもりはないけれど、言わずにはいられない。

「本物ではないかもしれんが、少なくともあの方は、政宗公が築《きず》いたこの仙台《せんだい》で、政宗公として生きている。大したもんじゃないか。取材で政宗さまが現《あらわ》れたとき、おじいちゃんは一瞬《いっしゅん》、政宗公がよみがえったのかと思ったぞ」

「たしかに、ぼくもそう思ったけど……」

あのとき、胸《むね》の奥《おく》がぎゅん！　と熱くなったことを思い出した。

「生きていればこういうこともあるんだなぁと、うれしくなった。生きてさえいれば、考えもしなかったようなおもしろいことが起こるんだなぁ、ってな」

夕焼けの空よりも、もっと遠くを見つめている。このちょっとさびしげな表情《ひょうじょう》は、おじいちゃんが翔子《しょうこ》おばさんのことを考えているときの表情《ひょうじょう》だ。

「直紀《なおき》が『がんばる』って言うのなら、おじいちゃんは応援《おうえん》する。翔子がここにいたら、きっと『がんばれ！』って言うと思うぞ」

おじいちゃんの言葉に、ぼくはピアノの上に飾《かざ》ってある写真に目をやった。

暗闇《くらやみ》に浮《う》かび上がる、ライトアップされた紅葉《こうよう》。その紅葉が鏡のように映《うつ》り込《こ》んだ池のほとりに、家族がいる。今より少しだけ若《わか》いおじいちゃんとおばあちゃん。お父さんとお母さん、そして、お父さんよりすこし若い女の人――翔子おばさんだ――が写っている。

おばさんに大事そうに抱かれているのは、生まれたばかりのぼくだ。

病気がちだったおばさんは、ぼくが生まれたことをめちゃくちゃ喜《よろこ》んでくれたらしい。「直紀には、私《わたし》の分まで楽しいことをたくさんしてほしい」と口癖《くちぐせ》のように言っていたと、おばあちゃんから何度も聞かされた。

残念なことにおばさんは、この写真を撮《と》って間もなく亡《な》くなってしまった。

「とにかく、やる以上はがんばれ、直紀」

おじいちゃんは、ぼくを見つめた。

「足軽《あしがる》を務《つと》める小学五年生なんて、日本中探《さが》してもいないと思うぞ」

「うん」とうなずいて、もう一度、写真を見た。

写真の中の翔子《しょうこ》おばさんの顔が、さっきより少しだけうれしそうに見えた。

夜、ベッドに寝転《ねころ》んで、『杜乃武将隊《もりのぶしょうたい》　かわら版《ばん》』を取り出した。

家まで送ってもらう車の中で、山部《やまべ》さんに言われたんだ。

「まずはこの『かわら版』をよく読んでください。裏《うら》表紙にメンバーの名前とプロフィールが載《の》っていますから、これを空で言えるぐらいになってください」って。

ほんとはもう完璧《かんぺき》に覚えていたけれど、「はい」とうなずいた。

「それから、直太《なおた》くんには明日から二日間、鍛練《たんれん》を受けてもらいます」

「たんれん、ですか？」

「稽古《けいこ》のことです。お客様の前に立つために、最低限《さいていげん》覚えてもらわなければならないことがあるんです。〝ちびっこ足軽《あしがる》〟になるはずだった子が二週間かけて覚えたことを、直太くんには二日で覚えてもらわなければなりません」

鍛練を受ける場所は本陣《ほんじん》で、時間は午前一〇時から午後四時まで。

「二日間鍛練をして、八月一日は初陣《ういじん》。仙台城跡《せんだいじょうあと》でおもてなしです」と、山部さんは続けた。

（鍛練って何をするんだろう？　そもそも、足軽って何をするんだろう？）

考えているうちに、いつの間にか眠《ねむ》ってしまった。

7、鍛練《たんれん》

「じゃあ、夕方の四時過《す》ぎに迎《むか》えに来るからな」

次の日、本陣《ほんじん》までおじいちゃんが車で送ってくれた。

おじいちゃんは、「体験入隊中、ずっと送り迎えをしてやる」と言ってくれた。

「行ってきます」

車を降《お》りて本陣に向かおうとしたら、「直紀《なおき》！」と呼《よ》び止《と》められた。振《ふ》り返ると、おじいちゃんが助手席側の窓《まど》から顔をのぞかせている。

「なに？」

「政宗公《まさむねこう》にお仕《つか》えするなんて、直紀は仙田家《せんだけ》の誇《ほこ》りだ。がんばれよ！」

どこで覚えたのだろう。おじいちゃんは「グッドラック！」と右手の親指を突《つ》きだした。

「う、うん」

うなずきながら、ふき出しそうになった。

ぼくは今朝から励《はげ》まされっぱなしだったからだ。

朝いちばんは、お母さんだった。

お母さんはネットでいろいろ調べてくれたらしく、朝ごはんを食べながら、杜乃武将隊《もりのぶしょうたい》は二〇一〇年の八月に作られたこと。東日本大震災《だいしんさい》があった年から「ともに前へ」を合言葉に、被災地《ひさいち》に寄《よ》り添《そ》い、復興《ふっこう》を支《ささ》えてきたこと。今では仙台《せんだい》・宮城だけではなく、全国各地にファンがいることも教えてくれた。

「たとえ〝ちびっこ足軽《あしがる》〟だとしても、そんな杜乃武将隊の一員になるんだから、しっかり務《つと》めるのよ」

「うん」とうなずいた。（〝ちびっこ〟は余計《よけい》なんだけどな）と思いながら。

おばあちゃんは出かけるとき、「がんばってね。政宗公《まさむねこう》によろしくね」と手を振《ふ》ってくれた。

お父さんは「がんばれ！　どうせやるなら日本一の〝ちびっこ足軽〟をめざせ！」とＬＩＮＥをくれた。

家族みんなに励まされて、こそばゆいような、誇《ほこ》らしいような、不思議な気持ちになった。

トントントンと、ノックをして、「おはようございます」と本陣《ほんじん》のドアを開けた。……瞬間《しゅんかん》、

「うわっ！」と、思わず後ずさった。

目の前に、腕組《うでぐ》みをした武将《ぶしょう》が立っていたからだ。

「おはようさんじゃ！」

背《せ》は高く、細身で、顔が小さい。

黒い烏帽子《えぼし》（先が『く』の字に曲がった帽子のことだ）をかぶり、白い陣羽織《じんばおり》を羽織《はお》っている背の高いこの武将はたしか――片倉小十郎重綱《かたくらこじゅうろうしげつな》さんだ。

「待ちかねたぞ、直太《なおた》！」

切れ長の目を細めて、重綱さんは微笑《ほほえ》んだ。

「お、おはようございます。重綱……」

「『さま』だ」

「えっ？」

「わしのことは『重綱さま』と呼《よ》ぶのだ。わしだけでないぞ、杜乃武将隊《もりのぶしょうたい》のメンバーは、芭蕉殿《ばしょうどの》と〝くの一〟の花《はな》以外は、武将である。戦国の世であれば、足軽よりも全員身分が上なのだ。ゆえに、呼ぶときは『殿《との》』または『政宗《まさむね》さま』、『成実《しげざね》さま』、『景綱《かげつな》さま』、『綱元《つなもと》さま』、『常長《つねなが》さま』だ。わかったか？」

きりっと鋭《するど》い武将の目で、重綱さんはぼくを見つめている。

鍛練《たんれん》は、もう始まっているらしい。

7、鍛練

「はい」とうなずいたら、「足軽《あしがる》の返事は、『かしこまりましてござりまする』だ！」と返ってきた。

「政宗《まさむね》さまはじめ他の方々はもうお城にご出陣《しゅつじん》なさった。今日から二日間、我《われ》らは二人だけで鍛練《たんれん》をいたすのだ。言うておくが、わしは厳《きび》しいぞ」

端正《たんせい》な顔で、ぐっと睨《にら》まれた。――昨日とは、ずいぶん雰囲気《ふんいき》が違《ちが》う。

「何せ二日後には、そなたを仙台城《せんだいじょう》に出陣させねばならん。やさしくなどしてはいられないのだ」

昨日「やさしそうだ」と思ったのを、見透《みす》かされていたようだ。

「この鬼小十郎《おにこじゅうろう》の鍛練を受ければ、立派《りっぱ》な足軽になれるはずじゃ。……まあ、わしの鍛練についてこられれば、だがな」

鬼小十郎は、あごをクイッと上げてニヤリと笑った。

カチッ！　と、頭の中で音がした。

勝ち負けにはこだわらないけど、あなどられるのは好きじゃない。

「どうした、直太《なおた》、返事は！」

「かしこまりましてござりまするっ！」

「よおし、その意気だ」

腕組《うでぐ》みをして満足げにうなずいた重綱《しげつな》さんは、

「それではこれより足軽《あしがる》の基本《きほん》を教えるゆえ、ついてこい！」

そう言うと、くるりと背《せ》を向け、隣《となり》の稽古場《けいこば》に入っていった。


重綱さんが掲《かか》げた今日の目標は、二つ。一つは「あいさつ」、もう一つは「甲冑《かっちゅう》の着付け」。拍子抜《ひょうしぬ》けするほどシンプルだった。

「本当は、伊達政宗公《だてまさむねこう》のこととか、演武《えんぶ》とか『ございん音頭《おんど》』とか、いろいろ覚えてもらいたいことがあるのだがな」

ふうっとため息をつくと、「しかし」と重綱さんは続けた。

「今回は緊急事態《きんきゅうじたい》ということで、二日で直太《なおた》をお客人の前に立てるように仕込《しこ》まなければならない。なので、とりあえずこの二つだけを徹底《てってい》的に仕込むことにした。……まずはあいさつの稽古からだ」

そう言うと、重綱さんは胸元《むなもと》から小さく折りたたんだ紙を取り出した。

広げた紙には、お世辞《せじ》にも上手《うま》いとはいえない字でこう書いてあった。

「みなさま、ようこそ仙台城《せんだいじょう》にお越《こ》しくださいました。

某《それがし》は奥州《おうしゅう》・仙台《せんだい》おもてなし集団《しゅうだん》 杜乃武将隊《もりのぶしょうたい》の足軽・光《ひかる》にござりまする」

「足軽《あしがる》の……光《ひかる》?」

首をかしげたら、「ん?」と重綱《しげつな》さんが顔をあげた。

「わし、言ってなかったか?」

「え、なにをですか?」

「わしが今年の三月まで、足軽の光であったことを、じゃ」

「聞いてません!」

ため息が出そうになった。

重綱さんもおじいちゃんと同じ、肝心《かんじん》なことを言い忘《わす》れるタイプの人なんだ。

「そうか。そりゃあ、悪かった」

口で言うほど、悪そうな顔はしていない。

こんなところも、おじいちゃんに似《に》ている。——用心しなきゃ、だ。

「足軽の経験《けいけん》があるゆえ、わしが直太《なおた》の教育係を任されたのじゃ。……これは、わしが光だったときに使っていたものじゃ。読んでみよ」

受け取って、読んでみる。

「某」という文字の横には「それがし」とふりがなが書き込《こ》まれている。さらに、紙のすみの方には小さい字で「足軽とは、足が軽くよく駆《か》けまわる兵のこと。ふだんは農民《のうみん》で戦《いくさ》のときには兵士《へいし》になった。戦国時代は弓や槍鉄砲《やりでっぽう》などを持った兵として活躍《かつやく》した」というメモ書きも添《そ》えてある。

「よいか、一度しかやらぬから、しっかり見ておぼえるのじゃぞ」

そう言うと重綱《しげつな》さんは、稽古場《けいこば》の真ん中に立った。

そして、ふうーっと深呼吸《しんこきゅう》をすると、足を開き、少し腰《こし》を落とし、太ももに両手をあてて口を開いた。

「みなさま、ようこそ仙台城《せんだいじょう》にお越《こ》しくださいました。某《それがし》は奥州《おうしゅう》・仙台おもてなし集団《しゅうだん》杜《もり》乃武将隊《のぶしょうたい》の足軽《あしがる》・光《ひかる》にござりまする！」

武将の姿《すがた》をしてはいるが、明るくて元気な声はまさに〝足軽〟そのものだ。

「どうだ、直太《なおた》？」

感じた通りに伝えると、「うむ」と、重綱さんは満足そうにうなずいた。

「杜乃武将隊のおもてなしは、あいさつからはじまる。先陣《せんじん》を切ってあいさつをするのは足軽じゃ。つまり、直太のあいさつが失敗したら、そのあとのおもてなしが台無しになるということだ。心してかかるのじゃぞ」

後半はすっかり鬼小十郎《おにこじゅうろう》モードだ。

挑発《ちょうはつ》されたり、プレッシャーをかけられたり、まるで試合の駆《か》け引きみたいだ。ぼくは教

えてもらう立場だけど、負けるつもりは全くない！

「かしこまりましてござりまするっ！」

「よし、では、はじめい！」

ぼくは重綱《しげつな》さんがしたように、足を開いて構《かま》えると、大きく息を吸《す》った。


一時間ほどあいさつの稽古《けいこ》をしたところで、ようやく休憩《きゅうけい》になった。

水を飲み、汗《あせ》を拭《ぬぐ》っていたら、「どうじゃ、疲《つか》れたろう？」と、重綱さんが近づいて来た。

「ちょっとだけ」と正直に答えると、ふわっと笑った。

今日初めて見る、やさしい笑顔《えがお》だ。

「重綱さま、こういう鍛練《たんれん》を武将隊《ぶしょうたい》のメンバーは全員経験《けいけん》したんですか？」

「した」

「みんなですか？　あの……政宗《まさむね》さまも、ですか？」

政宗さんは、生まれながらにして〝殿《との》〟だったようにしか思えない。

「そうじゃよ。実は殿は、一昨年の四月によみがえられたばかりじゃ。先代の政宗さまが急に天に還《かえ》られることになって、代わりに入られたのだ」

「……ってことは、殿になって、まだ二年四か月ってことですか？」

「そうじゃ。今の杜乃武将隊《もりのぶしょうたい》のメンバーの中では、誰《だれ》よりも日が浅いのじゃ」

（たった二年四か月で、あの〝殿《との》〟感って……）

「すごいじゃろう？　芝居《しばい》の経験《けいけん》はあったようだが、もともと人見知りであられたようだし、声は小さいし、刀の扱《あつか》いも初めてで、最初はだいぶ苦労しておられた。何より、一番あとに入ってきて、隊を率《ひき》いねばならん政宗公《まさむねこう》を任《まか》されたのだ。たいへんなプレッシャーであったと思う」

「政宗さまは、どうやってプレッシャーをはねのけたんですか？」

「殿はのう、あるとき覚悟《かくご》を決められたのだそうだ。『政宗公であることで、このまちの力になろう』と。我《われ》らの目にふれぬところでも、ずいぶん鍛練《たんれん》なさったようだ。そういうお方《かた》なのだ」

言いながら、重綱《しげつな》さんは時計を見上げた。

「少し早いが、昼餉《ひるげ》にいたそう。腹《はら》が減《へ》っては、戦《いくさ》はできぬからのう」

8、その子

稽古場《けいこば》の床《ゆか》に座《すわ》り、おにぎり（ぼくのはお母さんの手づくり、重綱《しげつな》さんはコンビニのだ）を食べながら、気になっていたことを聞いてみた。

「重綱さま、足軽《あしがる》になるはずだった子のことなんですけど……」

「おお、桃太《ももた》のことか？」

「もも……た？」

口にした瞬間《しゅんかん》、チリッとかすかに胸《むね》が痛《いた》んだ。

「そうじゃ。桃の花の桃に太いと書いて、『ももた』じゃ」

「どんな子だったんですか？」

重綱さんはペットボトルのお茶をごくんと飲むと、ぼくの方に向きなおった。

「桃太は小学六年生だ。生まれたのは、仙台《せんだい》の海辺の町だったが、今は市の災害復興住宅《さいがいふっこうじゅうたく》に住んでおる」

8、その子

　ドキッとした。沿岸部《えんがんぶ》で生まれて、今、災害復興住宅《さいがいふっこうじゅうたく》に住んでいるということは、東日本大震災《だいしんさい》で甚大《じんだい》な被害《ひがい》を受けたということだ。……たぶん、津波《つなみ》の。

　震災のとき、ぼくはまだ二歳《さい》だった。

　ぼくが住んでいるマンションもおじいちゃんの家も、家具が倒《たお》れたり、壁《かべ》に亀裂《きれつ》が入ったりはしたけれど、そこに住めなくなるような被害はなかった。

　正直なところ、その時のことはあまり覚えていない。けれど、揺《ゆ》れてものが落ちる音が怖《こわ》かったことと、震災のあと、お母さんが避難所《ひなんじょ》にボランティアに行くのに着いていったことだけは何となく覚えている。

　ぼくが行くと、お年寄《としよ》りたちが「なおくん」「なおくん」って、とっても喜《よろこ》んでくれたっけ。

……あれは、どこの避難所だったのだろう。

「桃太《ももた》が杜乃武将隊《もりのぶしょうたい》と初めて出会ったのは、震災から半年ほど経《た》った頃《ころ》だったそうだ。暮《く》らしていた仮設《かせつ》住宅に、武将隊が行ったのだ。その頃、武将隊は被災《ひさい》した人たちを元気づけるため、あちこち慰問《いもん》に行っておったからのう」

「重綱《しげつな》さまも行ったんですか？」

「いや、その頃、わしはまだ学生だった」

「震災の被害は？」

「わしの屋敷《やしき》は内陸部にあったから、半壊《はんかい》はしたが家族はみな無事だった。家や家族を失った沿岸部《えんがんぶ》の方々に比《くら》べれば何ほどのことでもなかった」

眉根《まゆね》を寄《よ》せて、重綱《しげつな》さまはため息をついた。ぼくもシンとした気持ちになった。

ニュースでは「被災地《ひさいち》」とひと括《くく》りにされがちだけど、同じ仙台《せんだい》でも、沿岸部と内陸部では、被害《ひがい》の度合が全く違《ちが》う。地震《じしん》による津波《つなみ》で家が流されたり、家族が亡《な》くなったり行方《ゆくえ》不明になったりといった深刻《しんこく》な被害を受けた人は、沿岸部の方が圧倒的《あっとうてき》に多い。

それがわかっているから、このまちの人はみんな「沿岸部」と口にするとき、決まっていたましそうな表情《ひょうじょう》を浮《う》かべる。そして、震災《しんさい》の被害について尋《たず》ねられたとき、たとえばそれが内陸部の人なら、沿岸部の人のことを思い浮《う》かべながら、「うちなんか、大したことはなかった」と申《もう》し訳《わけ》なさそうに話す。震災から八年が過《す》ぎた今でもだ。

「これは桃太《ももた》の母上に聞いた話だが、桃太はもともと明るく快活《かいかつ》な子どもだった。しかし震災後は、あまり笑わない子どもになってしまったのだそうだ」

切なくなった。同じ仙台で生まれたのに、たった一つしかちがわないのに、桃太はぼくとまったく違う時間を過《す》ごしてきたんだ。

「一昨年、仮設住宅《かせつじゅうたく》を出てようやく災害復興《さいがいふっこう》住宅に入居《にゅうきょ》することができてから、桃太はときどきお城に来ていたらしい。そして、少しずつ元気を取り戻《もど》したのだそうだ」

桃太《ももた》が体験入隊の募集《ぼしゅう》をどれほど喜《よろこ》んだか、聞かなくてもわかる。

「応募《おうぼ》してくれた子の中で、誰《だれ》よりも熱意があったのは桃太だった」

「……足軽《あしがる》でも、ですか？」

「むしろ『足軽になりたい！』と思っていたらしい」

「えーっ？」

「驚《おどろ》くよな？　足軽より武将《ぶしょう》の方が断然《だんぜん》カッコいいもんな」

重綱《しげつな》さんの笑顔《えがお》を見て、ハッとした。そうだ、この人も足軽だったんだ。

「桃太にはどうしても足軽になりたい理由があった。初めて仮設住宅《かせつじゅうたく》で杜乃武将隊《もりのぶしょうたい》に出会ったとき、『一緒《いっしょ》にがんばりましょうね』と声をかけてくれたのが、足軽だったのだそうだ。『めちゃくちゃうれしかった！』と言っておった」

「その足軽というのは……」

「むろん、わしではない。が、そのお方はまだこの武将隊にいらっしゃる」

「でも今、杜乃武将隊に足軽は……」

「常長殿《つねながどの》だ」

「えっ？」

カラフルな着物を着こなして、イタリア語で堂々《どうどう》とあいさつをする常長さんが足軽だったなんて、想像《そうぞう》できない。

「常長殿《つねながどの》は二〇一〇年に杜乃武将隊《もりのぶしょうたい》が誕生《たんじょう》したときからのメンバーで、最初は足軽《あしがる》だったのだ。与六《よろく》と申した。その後、足軽組組頭《くみがしら》の杜野《もりの》与六になり、支倉六右衛門《はせくらろくえもん》常長になられた」

「常長さまも、楽しみにしていたんでしょうね、桃太《ももた》さんのこと」

「おうよ。桃太はやる気満々でなぁ、鍛練《たんれん》に来るたびに目をキラキラさせておった。めきめき上達する桃太と一緒《いっしょ》にお城で演武《えんぶ》をすることを、殿《との》をはじめ我《われ》ら全員楽しみにしておったのだが……」

そう言うと、重綱《しげつな》さんはふうっと肩《かた》を落とした。

「桃太がいたらなぁ」という、心の声が聞こえたような気がした。

たぶんその思いは重綱さんだけではなく、政宗《まさむね》さんも、杜乃武将隊の他のメンバーも、山部《やまべ》さんも同じはずだ。

チリチリと胸《むね》が痛《いた》む。同時に、黒いもやもやが膨《ふく》らんできた。

見たことも、会ったこともないけれど、桃太にだけは負けたくない。

桃太が出来たことは、全部やってやる！　みんなに、「直太《なおた》でよかった」と言わせてやる！

そう決めた。

8、その子

午後は、足軽《あしがる》の甲冑《かっちゅう》を着てみることになった。

まずは剣道着に似《に》た丈《たけ》が短い着物を着て、紺色《こんいろ》の袴《はかま》をはき、地下足袋《じかたび》をはいた。

その上に、籠手《こて》、脛当《すねあ》てを着けると、重綱《しげつな》さんが胴《どう》を上からかぶせてくれた。

肩《かた》にずっしり重みがかかる。鉄製《てつせい》の胴は剣道《けんどう》の防具《ぼうぐ》よりもずっと重かった。

「重いじゃろう？　この胴には、太ももと腰《こし》を守る草摺《くさず》りもついておるからな。だいたい五、六キロはあるかのう」

右のわき腹《ばら》の辺りの紐《ひも》を締《し》めてくれながら、重綱さんは明るく言い放った。

「しかし、足軽の胴などまだ軽い方なのだぞ。武将《ぶしょう》が着ける兜《かぶと》と鎧《よろい》は、合わせると二〇キロ近くもあるのじゃ」

「に、二〇キロ……」

驚《おどろ》くぼくの頭に手早く手ぬぐいを巻《ま》くと、重綱さんは三角形の陣笠《じんがさ》をかぶせ、あご紐を結んでくれた。

「うん、なかなかいいぞ。……おっと、ひとつ大事なものを忘《わす》れておった」

そう言うと、重綱さんは稽古場《けいこば》の隅《すみ》に立てかけてあったのぼり旗を持ってきた。紺色の布《ぬの》に白い文字で「杜乃武将隊《もりのぶしょうたい》」と書かれている。

「この旗は、足軽の装備《そうび》で一番大切なものだ。直太《なおた》の役目は、常《つね》にこの旗を持ち、『杜乃武将隊』の名を世に知らしめることだ」

のぼり旗を手渡《てわた》されたぼくは、改めて鏡の前に立ってみた。

鏡の中では、旗を手に陣笠《じんがさ》を被《かぶ》り、ぶかぶかの胴《どう》をつけ、腰《こし》に刀を差した男の子が、さえない表情《ひょうじょう》でこっちを見つめている。

「よう似合《にお》うておるぞ、直太《なおた》」

鏡をのぞき込《こ》んだ重綱《しげつな》さんは、励《はげ》ましてくれているつもりなのだろう、

「どこから見ても、立派《りっぱ》な〝ちびっこ足軽《あしがる》〟じゃ！」

笑顔《えがお》で言って、ぼくの肩《かた》をバシバシ叩《たた》いた。


「おかえり、直紀《なおき》」

午後四時過《す》ぎ、おじいちゃんは約束通り本陣《ほんじん》の前に迎《むか》えに来てくれていた。

「ごくろうさん。暑かったろう」

車の中は、かなり冷えている。冷房《れいぼう》は好きじゃないはずなのに、ぼくのために冷やしておいてくれたらしい。

「どうだった、今日の鍛練《たんれん》は？」

「うん、フツー」

8、その子

「フツー?」

「だいたい想像《そうぞう》していた通りってこと!」

本当のことは言わない。重綱《しげつな》さんが〝鬼小十郎《おにこじゅうろう》〟だった。足軽《あしがる》の装備《そうび》が想像以上に重くてくらくらしたなんて言ったら、心配して、血圧《けつあつ》が上がってしまいそうだから。

あたりさわりのない話をしながら家に着くと、「疲《つか》れたから、このまま帰る」と言って、まっすぐ自分のマンションに帰った。

お母さんは、まだ仕事から帰って来ていない。

冷蔵庫《れいぞうこ》からミネラルウォーターを出して飲むと、自分の部屋で宿題にとりかかった。

明日までに、一、あいさつを完璧《かんぺき》に言えるようにすること。二、直太《なおた》のプロフィールを暗記すること。三、名乗りの口上《こうじょう》を考えてくること。

これが、重綱さんからの宿題だった。

はっきり言って、一と二は楽勝だ。問題は三だ。

「名乗り口上というのは、自己紹介《じこしょうかい》のようなものだ。……ちなみに、これがわしの口上、こっちが、足軽の光《ひかる》が使っていた口上だ。参考にするがよい」

そう言って重綱さんがくれた紙には、こう書いてあった。

「父、片倉《かたくら》小十郎景綱《かげつな》から託《たく》された小十郎の名。赤き前立てに誓《ちか》いしは、乱世《らんせ》を終わらせる覚《かく》悟《ご》なり。黒釣鐘《くろつりがね》の旗のもと、伊達《だて》の未来を紡《つむ》いで参《まい》らん。我《われ》こそは、白石城《しろいしじょう》二代目城主、人《ひと》呼《よ》んで『鬼《おに》の小十郎《こじゅうろう》』、片倉《かたくら》小十郎重綱《しげつな》なり」

長い。そして、かっこいい。

「政宗《まさむね》さまが夢見《ゆめみ》た、だれもが笑って暮《く》らせる国づくりのために、ともにはげみましょうぞ！　太陽のように、みなさまを明るく照らす足軽《あしがる》、某《それがし》の名は光《ひかる》にござりまする」

光さんの口上《こうじょう》は、明るいキャラクターにぴったりだ。

「うーん」

ベッドに寝《ね》ころんで考えた。

どうせ自己紹介《じこしょうかい》をするなら、かっこいい方がいいな。

足軽はたいていすぐに鉄砲《てっぽう》で撃《う》たれたり、まっさきに矢で射《い》られたりしてしまうけど、直太《なおた》は「ものすごく強い足軽」ということにしたらどうだろう。

クールで、強くて、めちゃくちゃカッコいい足軽だ。

「敵陣《てきじん》めざしてまっしぐら。戦場を駆《か》け抜《ぬ》け、刀を振《ふ》るう！」

――うん、なかなかいいかも！

ぼくは急いで起き上がり、部屋の隅《すみ》に立てかけてあった竹刀《しない》を手に取った。

9、名乗り口上《こうじょう》

鍛練《たんれん》二日目。

「おはようございます！」

本陣《ほんじん》の扉《とびら》を開けたのは、午前九時五〇分。——昨日より五分早い。

にもかかわらず、

「おう、直太《なおた》、おはようさんじゃ！」

重綱《しげつな》さんは、昨日と同じように腕組《うでぐ》みをして待ち構《かま》えていた。

イケメン過《す》ぎて一見チャラいが、本当は真面目《まじめ》で面倒見《めんどうみ》がいい人らしい。

「直太、今日の鍛練は装束《しょうぞく》をつけての所作《しょさ》じゃ。しっかり覚えるのだぞ」

「しょさ……って、何ですか？」

「ふるまいや身のこなしのことだ。武将《ぶしょう》には武将の、足軽《あしがる》には足軽の身のこなしがある。今日はそれを覚えてもらう」

「重綱《しげつな》さま、名乗り口上《こうじょう》は？」

ゆうべ考えたカッコいい名乗り口上を、はやく聞いてもらいたい。

「口上は所作《しょさ》を覚えたあと、今日の鍛練《たんれん》の最後じゃ。夕方ごろになるかのう。タイミング的にもちょうどいいしな」

「タイミングって？」

「いやいや、なんでもない。さ、はじめるぞ！　それではこれより、鍛練二日目に入る！」

重綱さんが、鬼小十郎《おにこじゅうろう》の顔になった。


重綱さんが教えてくれた所作は三つだけ。足軽《あしがる》らしい立ち方とお辞儀《じぎ》の仕方、そして、ひざまずき方だ。

「足軽の基本姿勢《きほんしせい》は、足を肩幅《かたはば》に開き、太もものあたりに両手を添《そ》え、顎《あご》をひき、背筋《せすじ》を伸《の》ばしたまま軽く膝《ひざ》を曲げて立つのだ。やってみい！」

稽古場《けいこば》にある大きな鏡の前で、言われたとおりにやってみる。

「うげっ」と声が出そうになった。鏡に映《うつ》ったぼくは、お世辞《せじ》にもカッコいいとは言えない。

……つまり、足軽そのものだった。

「うむ。まあ、よかろう。次はお辞儀《じぎ》じゃ。足軽のお辞儀は、背筋を伸ばしたまま、勢《いきお》いよく頭を下げ、勢《いきお》いよく上げる。いいか、こうじゃ」

足軽《あしがる》の基本姿勢《きほんしせい》をとると、重綱《しげつな》さんは背筋《せすじ》を伸《の》ばしたまま、ぺこりと素早《すばや》く頭を下げた。そして、ぴょん！　と音がしそうな勢いで頭を上げた。

「次は、ひざまずき方だ。これも足軽の大切な基本姿勢だ。膝《ひざ》をつくときもな、勢いとスピードが大事だ。すっと腰《こし》を落とす。こうだ」

基本姿勢からすとんと腰を落とし、右膝を立て、左膝をついた姿勢になった。

右手は膝の上、左手は左腰だ。背筋《せすじ》を伸ばし、体を少し前に傾《かたむ》けている。

「やってみい！」

「かしこまりましてござりまする」

重綱さんの真似《まね》をしたつもりが、

「うわわっ！」

鎧《よろい》が重くてぐらついた。しかも、床《ゆか》についた膝が痛《いた》い。

「しっかりせんか、直太《なおた》。足軽は、我《われ》らが演武《えんぶ》をしている間、ずっとこの姿勢で控《ひか》えておるのだぞ」

「ええーっ」

叫《さけ》んだ瞬間《しゅんかん》、ギロリと睨《にら》まれた。

「直太《なおた》、杜乃武将隊《もりのぶしょうたい》における足軽《あしがる》の役割《やくわり》は、あいさつをして、おもてなしを盛《も》り上げることの他に、もうひとつある」

言いながら、重綱《しげつな》さんはゆっくりと立ち上がった。

「それは、お客さまがひとめ見ただけで、身分が上の人を『上の人』とわからせることだ。一番は政宗《まさむね》さまだ。政宗さまを仙台藩《せんだいはん》初代藩主・伊達《だて》政宗公に仕立てるのは、家臣《かしん》たち、中でも足軽の役目と心得《こころえ》よ」

「足軽の光《ひかる》さんは、どうやっていたんですか？」

「光か？　光はな、殿《との》が来たら頭を下げる、ひざまずく。歩くときは、離《はな》れて後ろを歩くということを徹底《てってい》してやっておった。お客さまが見ているところだけではないぞ。移動《いどう》で車に乗《の》り込《こ》むときも、休憩《きゅうけい》している間もだ」

「休憩している間も？」

そんなこと、できるのだろうか？

「大切なのは、常《つね》に我《わ》が殿、伊達政宗さまに『お仕《つか》えしている』という気持ちを持つことだ」

「お仕え……」

そういえばおじいちゃんも、「政宗公にお仕えすることができるのであれば、ご先祖《せんぞ》さまも、きっと大いに喜《よろこ》んでくださると思うぞ」と言っていたっけ。

たしかに政宗《まさむね》さんは〝殿《との》〟っぽいけど……。

「直太《なおた》、戦国《せんごく》の世では、足軽《あしがる》といえども主君のために命さえ投げ出したのだ。それぐらいの気持ちでのぞむのだ」

強いまなざしで、重綱《しげつな》さんは言い放った。

思わずうなずいちゃったけど、心の中では「ムリムリムリ！」って叫《さけ》んでた。

「今は戦国の世じゃないし、ぼくはほんものの足軽じゃない。ただの小学生だし！」って。

午後、所作《しょさ》の稽古《けいこ》を終え、名乗りの稽古をはじめようとしていたときだった。

声とともに、稽古場《けいこば》の扉《とびら》が開いて、烏帽子《えぼし》姿《すがた》の政宗さんが入ってきた。

「いま戻《もど》った！」

「おかえりなさいませ！」

すかさず重綱さんが、礼をした。

あわててぼくも足を開き、「おかえりなさいませ！」と頭を下げる。

政宗さんは「うむ」とうなずいて、重綱さんに向き直った。

「重綱、直太の名乗り口上《こうじょう》は？」

「はい、これから稽古をするところでございます」

答えると重綱《しげつな》さんは、ぼくの耳もとでささやいた。

「殿《との》は直太《なおた》の仕上がり具合を確《たし》かめるため、特別にお城でのおもてなしを抜《ぬ》け出してきてくだされたのだぞ」

ぼくのために?

そうか、重綱さんが言っていた「タイミング」って、このことだったんだ。

「では直太、その方《ほう》が考えてきた口上、この政宗《まさむね》の前で述《の》べてみよ」

「かしこまりましてござりまする!」

答えて、稽古場《けいこば》のまんなかに立った。

胸《むね》のドキドキを振《ふ》り払《はら》うため、丹田《たんでん》に力を入れる。

――大丈夫《だいじょうぶ》、絶対《ぜったい》に大丈夫。

両足に力を込《こ》め、両膝《りょうひざ》に手を置き、大きく息を吸《す》いこんだ。

「親の恨《うら》みをはらすため、敵陣《てきじん》めざしてまっしぐら。戦場を駆《か》け抜《ぬ》け、斬《き》って、斬って、斬りまくる。史上《しじょう》最強の足軽、某《それがし》の名は直太にござりまするっ!」

言い切った! 声も、思ったより出ていた!

……なのに、稽古場は静まり返っている。

政宗さんは腕《うで》を組み、口を真一文字に結んで難《むずか》しい顔をしている。

重綱《しげつな》さんは？　と見ると、やっぱり同じ。眉根《まゆね》を寄《よ》せて宙《ちゅう》を見つめている。

「……直太《なおた》」

やっと、政宗《まさむね》さんが口を開いた。

「その口上《こうじょう》は、どのような思いで作ったのか？」

「それは、あの、プロフィールに、『戦《いくさ》で親兄弟を失った』とあったので、直太は、恨《うら》みをもって戦っていたんじゃないかなと思って……」

話すほどに稽古場《けいこば》の空気が、重くなっていく。

「で？」

「どうせなら、めちゃくちゃ強い足軽《あしがる》ってことにしたらどうかなって」

言い終える前に、政宗さまがため息をついた。そしてぽつりとつぶやいた。

「……自分のことばかりじゃな」

「え？」

「悪いが直太、名乗りはなしだ」

「殿《との》！」

ぼくより先に、重綱さんが声を上げた。

「名乗りがなしということは、直太を演武《えんぶ》に参加させないということですか？」

「そうなる。今から新しく口上《こうじょう》を考えていたのでは、明日には間に合わぬ」

それから、政宗《まさむね》さんはぼくに向き直った。

「もともと〝ちびっこ足軽《あしがる》〟は演武《えんぶ》には参加しないはずだったのだ。しかし、桃太《ももた》が『お客さん扱《あつか》いはいやです』といって名乗り口上を作ってきた。それがあまりに見事であったため、特別に演武に参加させることになったのだ」

つまり、桃太はやる気満々で、その口上は相当出来がよかったってことだ。

そして、ぼくのは全然ダメってことだ。人前に出せないくらいに。

「なかなかいいかも！」なんて思ってた自分がはずかしくなる。

「重綱《しげつな》、当初の予定通り〝ちびっこ足軽〟の名乗りはなしじゃ」

静かな声でそう言うと、

「わしは城へ戻《もど》る。仙台城《せんだいじょう》にはまだお客人が大勢《おおぜい》おったからな」

くるりと背《せ》を向けて政宗さんは出口に向かった。

「行ってらっしゃいませ！」

その背中《せなか》に、重綱さんが頭を下げる。

ぼくはといえば、衝撃《しょうげき》から立ち直れず、ぼんやり突《つ》っ立ったままだ。

稽古場《けいこば》を出るとき、政宗さんがふと足を止めた。

けれど、それはほんの一瞬《いっしゅん》で、すぐまた思い直したように足を踏《ふ》み出し、行ってしまった。

稽古場《けいこば》には、ぼくと重綱《しげつな》さんだけが残った。

重い静寂《せいじゃく》の中、重綱さんがぼくに声をかけあぐねているのが伝わってくる。

「……重綱さま」

力を振《ふ》り絞《しぼ》って口を開いた。

「ん？　なんだ、直太《なおた》？」

「ぼく、お腹《なか》が痛《いた》いので、帰ります。……帰ってもいいですか？」

恥《は》ずかしくなんかない。このままここに居続《いつづ》けることなんてできない。

「え」と口を開きかけたあと、重綱さんはハッとしたようにうなずいた。

「お、おお。そうか、そうだな。二日間の鍛練《たんれん》で、直太も疲《つか》れたであろう。明日はいよいよ本番だ。今日はもう帰って休んだ方がよいな」

自分に言い聞かせるようにうなずくと、ぼくの着替《きが》えを手伝ってくれた。


「お先に失礼します！」

大急ぎで衣装《いしょう》を片《かた》づけて、稽古場を出ようとした、そのときだ。

「直太！」と呼《よ》び止《と》められた。

足を止めたけど、声を出したら我慢《がまん》していたものがあふれ出しそうで、返事ができない。振《ふ》り向《む》くこともできない。

「明日から〝ちびっこ足軽《あしがる》〟、よろしく頼《たの》むぞ。ともに力を尽《つ》くそうな」

背中《せなか》から聞こえてきた重綱《しげつな》さんの声はやさしい。

（こんなときこそ、鬼小十郎《おにこじゅうろう》でいいのに！）

思った瞬間《しゅんかん》、目の前の景色がにじみだした。

「失礼します！」

絞《しぼ》り出すように叫《さけ》んで、走り出す。

エレベーターに乗り込《こ》むと同時に、涙《なみだ》がこぼれおちた。

口上《こうじょう》を却下《きやっか》された！　桃太《ももた》と比《くら》べられた！

政宗《まさむね》さんと重綱さんをがっかりさせてしまった！

苦い思いが、マグマのようにふき上げてくる。

何より苦しいのは、重綱さんに見えすいた嘘《うそ》をついて逃《に》げだしたことだ。

――でも。

「たった二日で、できるわけないじゃん！」

吐《は》き捨《す》てて、ぼくはぐしぐし涙を拭《ぬぐ》った。

10、初陣《ういじん》

どんなに苦しいことがあったとしても、朝はやっぱりやって来る。

――二〇一九年八月一日。ついに初陣の朝を迎《むか》えた。

昨日、本陣を出たあと、ぼくはおじいちゃんが迎えに来るまで本陣のまわりをぐるぐる歩き回った。涙《なみだ》のあとを消すために。悔《くや》しくて泣いたのは、初めて剣道《けんどう》の試合に出してもらったとき、学年も体格《たいかく》も上の子と当たってぼろ負けしたとき以来だった。

ぐるぐる歩きまわっている間に、涙は乾《かわ》き、おじいちゃんにもお母さんにも気づかれることはなかった。そして、よく眠《ねむ》れないまま初陣の朝を迎えた。

「しっかりね。私《わたし》は仕事で行けないけど、おじいちゃんとおばあちゃんがお城に見に行くって張《は》り切ってたから」

玄関《げんかん》を出るとき、お母さんはぼくの背中《せなか》をポンポンと叩《たた》いて送り出してくれた。試合の日の朝のように、「大丈夫《だいじょうぶ》、絶対《ぜったい》に大丈夫」と唱《とな》えながら。

重たげに葉を茂《しげ》らせた藤棚《ふじだな》の下を抜《ぬ》けておじいちゃんの家に行くと、

「直紀《なおき》、いよいよだな」

「楽しみね。がんばってね」

満面の笑《え》みを浮《う》かべたおじいちゃんとおばあちゃんが待っていてくれた。

正直言うと気が重い。政宗《まさむね》さんや重綱《しげつな》さんと顔を合わせるのは、超《ちょう》気まずい。できることなら、行きたくない。でも……。

「うん、がんばるよ」

二人の笑顔《えがお》を見て、ぼくはようやく覚悟《かくご》を決めた。

「おはようございます！」

本陣《ほんじん》の扉《とびら》を開けると、今日もまた重綱さんは律儀《りちぎ》に待っていてくれた。

「おう、直太《なおた》、おはようさんじゃ！」

いつも以上に明るい声、明るい顔。——もしかして、気を遣《つか》ってくれてる？

「いよいよ今日は初陣《ういじん》だな。殿《との》はすでに支度《したく》をはじめておられるぞ」

「殿」という言葉が、胸《むね》にグサッと突《つ》き刺《さ》さる。

「直太、殿にごあいさつをせよ」

「……かしこまりましてござりまする」

重綱《しげつな》さんに背中《せなか》を押《お》され、「大丈夫《だいじょうぶ》、絶対《ぜったい》に大丈夫」と心の中で唱《とな》えながら稽古場《けいこば》に入ると、そこにはすでに袴《はかま》を着けて甲冑《かっちゅう》や刀を並《なら》べている政宗《まさむね》さんの姿《すがた》があった。

「あの……おはようございます」

近づいて、あいさつをすると、

「うむ。いよいよじゃな、直太《なおた》。……励《はげ》めよ」

政宗さんもいつも通りだ。まるで、昨日のことなどなかったみたいに。

(そうか、そういうことなら……)

「はい！　がんばります！」

できるだけ平気な顔で答えて、重綱さんのもとに戻《もど》った。

「重綱さま、着つけをお願いします」

「任《まか》せろ！」

重綱さんに手伝ってもらいながら、甲冑を着、陣笠《じんがさ》をかぶってあご紐《ひも》をしめたところで、廊《ろう》下《か》から人の声が聞こえてきた。……と思ったら、

「おはようございます！」

扉《とびら》が開き、どやどやと人が入ってきた。

「おはようございます」

「おお、直太《なおた》！　もう着替《きが》えておったのか」

すぐに声をかけてくれたのは、成実《しげざね》さんだ。仙台《せんだい》がホームタウンのプロサッカーチームの黄色いユニフォームを着ている。

「よう似《に》おうておるぞ、直太」

大きな声でほめてくれたのは、同じく仙台を拠点《きよてん》とするプロ野球チームのキャップを被《かぶ》り、クリムゾンレッドのユニフォームを着た景綱《かげつな》さんだ。

「少し陣笠《じんがさ》が大きいようじゃが、大事ないか」

戦隊もののキャラクターが描《えが》かれたTシャツを来た綱元《つなもと》さんは、傾《かし》いだ陣笠を直してくれた。

「なかなかいいんじゃないですか？　光《ひかる》より、ずっと足軽《あしがる》らしい」

真面目《まじめ》な顔で常長《つねなが》さんが言うと、笑いが起こった。常長さんは普段《ふだん》も袴姿《はかますがた》だ。

「あとで、写真を撮《と》りましょうね」

ポロシャツにハーフパンツの芭蕉《ばしよう》さんは、大きなカメラを手にしている。

「熱中症《ねつちゆうしよう》に気をつけてね」

涼《すず》しげなチュニックにスパッツ姿の花《はな》さんは、アイドルみたいだ。

「直太は人気じゃなぁ。光がいたら、きっと悔《くや》しがるぞ」

重綱《しげつな》さんの言葉に、また大きな笑いが起こった。

常長《つねなが》さんは「衣装《いしょう》がスイッチ」と教えてくれたけど、普段着《ふだんぎ》でもみんなそれぞれのキャラクターのまま話している。そして、初陣《ういじん》のぼくを気遣《きづか》ってくれている。

(がんばろう。がんばらなくちゃ!)

そう思った。


ぼくたちは、山部《やまべ》さんが運転するワンボックスカーで仙台城跡《せんだいじょうあと》に向かった。

「それでは説明します」

着くなり、青葉城《あおばじょう》本丸会館にある控室《ひかえしつ》で、常長さんが今日の段取《だんど》りを説明してくれた。

「広場に出て行ったら、一つ目の演武《えんぶ》をして、名乗りを上げて、二つ目の演武をして、『ございん音頭《おんど》』を踊《おど》って、勝鬨《かちどき》を上げます。午後は演武のあと、ご希望のお客さまとの写真撮影《さつえい》もあります」

五月におじいちゃんと見に来たときと、ほとんど同じ流れだ。

「直太《なおた》は、芭蕉《ばしょう》さんと一緒《いっしょ》に行動してください。広場に先に出て行って、お客さまにパンフレットや『かわら版《ばん》』を配るんです。配りながら、演武の時間をおしらせしてください」

「あの……演武の間はどうすれば?」

10、初陣

「スピーカーのうしろにひざまずき、そのままの姿勢《しせい》で控《ひか》えていてください」

「ずっと……ですか？」

「ずっとです」

常長《つねなが》さんは、こともなげに言い放った。

「演武《えんぶ》では、本物でないとはいえ、刀や槍《やり》を使います。ひとつ間違《まちが》えば、大けがをします。慣《な》れない人間が近くにいるのは、たいへん危険《きけん》なのです」

「わかりました」と答えたけど、チリッと胸《むね》が痛《いた》んだ。

（桃太《ももた》なら、名乗りも、「ございん音頭《おんど》」もできたんだろうな）って。

「準備《じゅんび》ができたら、そろそろ行きましょうか」

説明が終わった頃合《ころあ》いを見計らって、芭蕉《ばしょう》さんが声をかけてくれた。

黒い着物に、黒い頭巾《ずきん》。首から白い布袋《ぬのぶくろ》を下げた芭蕉さんは、「これを」と言いながら、「杜乃武将隊《もりのぶしょうたい》」と白く染《そ》め抜《ぬ》かれた紺色《こんいろ》ののぼり旗と、「かわら版《ばん》」の束を手渡《てわた》してくれた。

「では、まいりましょう！」

「かしこまりましてござりまする！」

――いよいよだ！　いよいよ初陣《ういじん》だ！

胸のドキドキを感じながら、ぼくは芭蕉さんの背中《せなか》を追いかけた。

11、演武《えんぶ》

「みなさま、こんにちはー！」

広場の真ん中に、芭蕉《ばしょう》さんが立っている。ぼくはその隣《となり》にいる。杜乃武将隊《もりのぶしょうたい》ののぼり旗を手に、立っている。——目の前には、人、人、人。

仙台城跡《せんだいじょうあと》の北側にある広場には、大きなスピーカーが一〇メートルほど間をあけて二つ置かれている。スピーカーとスピーカーの間が、ステージだ。

きちんと線が引かれているわけでもないのに、お客さんはステージを取り囲《かこ》むように集まっている。

（このどこかに、おじいちゃんとおばあちゃんもいるはずだ）

考えた瞬間《しゅんかん》、また胸《むね》がドキドキしはじめた。剣道《けんどう》の試合とも、ピアノのコンクールとも違《ちが》う緊張感《きんちょうかん》だ。

「みなさま、こちらにいるのは、今日から約一カ月間、杜乃武将隊のお手伝いをしてくれる

〝ちびっこ足軽《あしがる》〟の直太《なおた》くんです。直太くん、みなさまにごあいさつをしてください」

来た！

「かしこまりましてござりまする！」と答えて一歩前に出ると、大きく息を吸《す》いこんだ。

「みなさま、ようこそ仙台城《せんだいじょう》にお越《こ》しくださいました。某《それがし》は奥州《おうしゅう》・仙台おもてなし集団《しゅうだん》杜《もり》乃武将隊《のぶしょうたい》の足軽・直太にござりまする！」

ひと息に言って礼をした。顔を上げた瞬間《しゅんかん》、拍手《はくしゅ》が起こった。

（よかった！）

ほっとしたとたんに、顔がカーッと熱くなり、体中から汗《あせ》が吹《ふ》き出した。

「みなさん、杜乃武将隊初の〝ちびっこ足軽〟、直太くんをよろしくお願いしますね。……それではそろそろお時間となりました」

芭蕉《ばしょう》さんは笑顔《えがお》をひっこめると、姿勢《しせい》を正して声を改めた。

「奥州・仙台おもてなし集団　杜乃武将隊　伊達政宗《だてまさむね》さま、御出陣《ごしゅつじん》でございます！」

その言葉がきっかけとなって、広場に重々しい音楽が流れだす。

やがて、広場の手前まで来ていた武将たちが、政宗さんを先頭に入ってきた。

朝、本丸会館の控室《ひかえしつ》で、常長《つねなが》さんが教えてくれた通りだ。

スピーカーの近くに移動《いどう》して礼をするぼくの前を、カシャカシャと音を立てながら甲冑《かっちゅう》姿《すがた》の武将《ぶしょう》たちが過《す》ぎてゆく。そして、一列に並《なら》んだ。

下手《しもて》（お客さまから見て左側だ）から、茂庭綱元《もにわつなもと》、片倉小十郎景綱《かたくらこじゅうろうかげつな》、伊達政宗《だてまさむね》、伊達成実《しげざね》、片倉小十郎重綱《しげつな》、支倉常長《はせくらつねなが》、くの一・花《はな》の順で並んでいる。綱元さんの隣《となり》に、芭蕉《ばしょう》さんがそっと入ったのと同時に、ぼくは常長さんに教えられたとおり、上手側《かみてがわ》のスピーカーの後ろにひざまずいた。

間もなく、音楽が変わり、最初の演武《えんぶ》がはじまった。

成実さんは豪快《ごうかい》に、景綱さんはしなやかに刀を振《ふ》るう。綱元さんと重綱さんは力いっぱい槍《やり》を振り回し、常長さんは扇《おうぎ》、芭蕉さんは筆《ふで》を手に、ポーズを決める。最後に出て行く政宗さんは、すらりと刀を抜《ぬ》くと、軽《かろ》やかな身のこなしで舞《ま》うように振るってみせた。

どうやらこの演武は、特徴《とくちょう》ある武器《ぶき》を振るう姿《すがた》で、政宗公と家臣《かしん》たちそれぞれの性格《せいかく》を表しているらしい。

「我《われ》ら、奥州《おうしゅう》・仙台《せんだい》おもてなし集団《しゅうだん》杜乃《もりの》武将隊。皆《みな》とともに前へ、仙台、宮城、東北！」

決め台詞《ぜりふ》とポーズが決まると、大きな拍手《はくしゅ》が湧《わ》き起こった。

拍手が鳴りやんだところで、政宗さんが前に出る。

「お客人の方々、こたびは我《わ》が仙台城へようこそおいでくだされた」

この暑い中、あんなに激《はげ》しく動いたのに、ちっとも息が乱《みだ》れていない。

11、演武

「これよりは、皆《みな》を歓迎《かんげい》する我《われ》らの演武《えんぶ》をご覧《らん》にいれよう。まずは、自慢《じまん》の家臣《かしん》たちを紹介《しょうかい》いたす。皆の者、名乗りをあげよ！」

「ははあっ！」

家臣たちは頭を下げると、全員が広場の奥《おく》に下がって一列に並《なら》んだ。

まっさきに刀を抜《ぬ》いて飛び出してきたのは、成実《しげざね》さんだ。

「いかなる場面でも退《しりぞ》くことなく、前へ前へと突《つ》き進む。我《わ》が勇武《ゆうぶ》をもって、伊達政宗《だてまさむね》さまをお支《ささ》え致《いた》す。政宗さまのいとこにして、伊達三傑《さんけつ》・武の武将《ぶしょう》、伊達成実である！」

次は、景綱《かげつな》さんだ。景綱さんは、刀ではなく扇《おうぎ》を手にしている。

「愛宕《あたご》の戦神《いくさがみ》の加護《かご》をうけ、政宗さまとともに、幾多《いくた》の戦場を戦い抜いてまいった。我《われ》こそは、伊達家参謀《さんぼう》を務《つと》め、伊達三傑・智《ち》の武将と呼《よ》ばれし片倉小十郎《かたくらこじゅうろう》景綱である」

ぶん！　と、槍《やり》を振《ふ》りかざして出てきたのは、綱元《つなもと》さんだ。

「我が使命は、伊達家を守り、政宗さまの夢《ゆめ》をお支えいたすこと。仙台《せんだい》の町割《まちわ》りを行いし我が名は、伊達三傑・吏《り》の武将、茂庭《もにわ》綱元にござる」

それから、重綱《しげつな》さん、常長《つねなが》さん、芭蕉《ばしょう》さん、花《はな》さんと名乗りは続いた。

全員が名乗りを終えると、音楽がまた変わった。

家臣たちが深々と礼をするなか、政宗さんが静かに歩み出る。そして、客席をゆっくり見まわす。

「我《わ》が夢《ゆめ》は、平らかなる世の成就《じょうじゅ》。志《こころざ》すは、民《たみ》安らかなる永久《とわ》の都づくり」

辺りに響《ひび》く、凛《りん》とした声。

「これまでも、これより先も、我《われ》は杜《もり》の都とともにあり。我こそは、仙台藩《せんだいはん》初代藩主、伊達政《だてまさ》宗《むね》なり」

右手を上げ、ポーズを決めた瞬間《しゅんかん》、今日一番の拍手《はくしゅ》が湧《わ》き起こった。スマホやカメラを向けている人も大勢《おおぜい》いる。

（……カッコいい。悔《くや》しいほどカッコいい！）

そう思った瞬間、スピーカーの陰《かげ》で、じっとひざまずいている自分が急にみじめに思えてきた。

甲冑《かっちゅう》は重いし、地べたにつけた膝《ひざ》は痛《いた》い。おまけに、暑い。

そっと顔を上げると、集まった人たちの視線《しせん》は、政宗さんをはじめ、武将《ぶしょう》たちに釘《くぎ》づけだ。

ぼくに目を向けている人など、一人もいない。

（〝ちびっこ足軽《あしがる》〟なんて、いてもいなくても同じじゃん！）

そう思ったら、キリキリと胸《むね》が痛くなって、「もういやだ！」と、叫《さけ》びながら駆《か》け出したい気持ちがこみ上げてきた。

11、演武

「さて、最後の演武《えんぶ》と相成《あいな》った」

「さんさ時雨《しぐれ》」という二つ目の演武が終わったところで、政宗《まさむね》さんが口を開いた。

「このあとは、ここに集《つど》いし皆《みな》で『ござぃん音頭《おんど》』をともに踊《おど》ってまいろう」

「ござぃん音頭」というのは、仙台《せんだい》や宮城の魅力《みりょく》を伝えるために、杜乃武将隊《もりのぶしょうたい》が作った観光PRソングだ。歌詞《かし》には、名所や名物がたくさん盛《も》り込《こ》まれている（書いたのは芭蕉《ばしょう》さんだそうだ）。「ござぃん」というのは、宮城の方言で「いらっしゃい」という意味だ。「ござぃん音頭」には振付《ふりつけ》があって、集まった人たちも一緒《いっしょ》に踊れるようになっている。

（これが終わったら、勝鬨《かちどき》を上げて演武は終わりだ。あとちょっとの辛抱《しんぼう》だ）

自分に言い聞かせていたら、いきなり「直太《なおた》！」と呼《よ》ばれた。

「は、はい！」

顔を上げると、広場の中央で政宗さんがぼくを見つめている。

「今日はその方《ほう》の初陣《ういじん》である。ここにきて、ともに踊るがよい」

（ええっ？　どうしよう、「ござぃん音頭」なんて習ってない。どうしたらいい？）

固まっていたら、重綱《しげつな》さんと目が合った。

「直太《なおた》、はよう、ここへ！」と笑顔《えがお》で手招《てまね》きをしている。

「か、かしこまりましてござりまするっ！」

重綱《しげつな》さんの隣《となり》に向かって駆《か》け出した瞬間《しゅんかん》、

「それでは、音曲《おんぎょく》、はじめーっ！」

政宗《まさむね》さんの掛《か》け声で、音楽が流れだした。

重綱さんは踊《おど》りながら小声で、「わしの踊りをまねるのじゃ。できなければ、力いっぱい手《て》拍子《びょうし》をするだけでもよい」と教えてくれた。

言われた通り、見よう見まねで踊ってみた。

結局「ございん音頭《おんど》」は、手拍子とサビの「はぁ、ございん、ございん」と両手を上げて手《て》招《まね》きをするだけで終わってしまった。

（こんなことなら、重綱さんに無理にでも教えてもらえばよかった！）

悔《くや》しい気持ちを抱《かか》えたまま、いよいよ最後の勝鬨《かちどき》になった。

「ここに集《つど》いし皆《みな》の健勝《けんしょう》と、こののちの皆の旅がすばらしきものとなることを祈念《きねん》して、勝鬨じゃ。――いざ！」

政宗さんが右手を掲《かか》げた。ぼくも、右手を上げる。

（願いなんてどうでもいい。とにかく早く終わってくれ！）と思いながら。

「エイ・エイ・オー！」

11、演武

「エイ・エイ・オー！」

「エイ・エイ・オーーーーーッ！」

大きな拍手《はくしゅ》が湧《わ》き起こる。ぼくはもう、へとへとだ。

「皆《みな》のもの、また会おうぞ！」と叫《さけ》ぶと、メンバーは出てきたときと同じく、政宗《まさむね》さんを先頭に広場を後にした。

ぼくは、礼をしたまま全員を見送った。

頭を下げているうちに、悔《くや》しさが込《こ》み上げてきた。

(何もできなかった！「ございん音頭《おんど》」も、名乗りも、なにも！)

悔しさが黒いモヤモヤとなって、胸《むね》の中に広がってゆく。

心の針《はり》が「やめたい」の方向に、ぐっと傾《かたむ》くのを感じた。

12、瑞鳳殿《ずいほうでん》

「おまたせ！」

ビルの前の花壇《かだん》の端《はし》にぼんやり座《すわ》っていたら、いつも待ち合わせをしているような軽い調子で、その人は現《あらわ》れた。

白いTシャツに細いジーンズ、腰《こし》によれよれのチェックのシャツを巻《ま》いている。長い髪《かみ》を首の後ろで一つにまとめ、黒縁《くろぶち》メガネをかけ、サイクリングバッグを斜《なな》め掛《が》けした姿《すがた》は、ついさっきまで甲冑《かっちゅう》に身を包み、大勢《おおぜい》のお客さんに向かって「仙台藩《せんだいはん》初代藩主、伊達政宗《だてまさむね》である」と語りかけていた人と同じ人とは思えない。

午後三時三〇分、ぼくらはお城から本陣《ほんじん》に戻《もど》ってきた。他のメンバーはミーティングがあるというので、ぼくだけ先に帰ることになった。

正直ほっとした。一秒でも早く一人になりたいと思っていたから。

おじいちゃんは、五時頃迎《ごろむか》えに来てくれることになっている。迎えがくるまでの時間を、ぼくは近くの公園で待つことにした。

「おつかれさまでした」

あいさつをして本陣《ほんじん》を出て、エレベーターを待っていたら、「直太《なおた》！」と声をかけられた。

振《ふ》り返ると、扉《とびら》の間から政宗《まさむね》さんが顔をのぞかせていた。

「一階で待っててくれないか」

「えっ、は、はい」

このタイミングで声をかけられるとは思わなかったから、そう答えるのが精一杯《せいいっぱい》だった。

（なんだろう？　今日の初陣《ういじん》のことで何か言われるのかな？　それとも昨日の口上《こうじょう》のことかな？　いずれにせよ、叱《しか》られるんだろうな）

考えているうちに、心の針《はり》はますます「やめたい」の方に傾《かたむ》いていった。


「まずは、おつかれ！」

政宗さんに、やわらかな表情《ひょうじょう》で見つめられた。

けれど……なんか、違《ちが》う。

とまどうぼくに、政宗さんは「これだろ？」と、自分の右目を差した。

「お役目の間はずっと眼帯《がんたい》をしてるからな。おかげで私服の時、お役目で知り合った人とすれ違っても、気づかれないことが多いんだ」

　にこっと笑った。初めてみる、やわらかい笑顔《えがお》だ。

「だから、いつも自分から先に『こんにちは!』ってあいさつをするんだ。すると、『おお、政宗《まさむね》さまかぁ』って驚《おどろ》かれる」

　自然な表情《ひょうじょう》、普通《ふつう》の言葉づかいで、政宗さんは話し続けている。

「相手がお年寄《としよ》りだと、すぐにはわかってもらえないけどな」

　そういえば、おじいちゃんとおばあちゃんは、お城に来てくれていたのだろうか。

　演武中《えんぶちゅう》、見つけることはできなかった。そんな余裕《よゆう》もなかった。

（ふたりとも、どう思っただろう。ぼくがあまりにも何もできなかったんで、がっかりしたんじゃないかな）

　今朝、あんなに喜《よろこ》んでくれていたことを思うと、申《もう》し訳《わけ》なさで胸《むね》がいっぱいになった。

「直紀《なおき》?」

「え、あ、はい」

　しまった、つい、ぼんやりしてしまった。

「迎《むか》えがくるまで、すこし歩かないか?」

　政宗さんは、ちらっと腕時計《うでどけい》をみた。

「五時まで……一時間ぐらいあるな。な、いいだろう?」

さっさと歩き始めた政宗《まさむね》さんの後ろを、少し遅《おく》れて追いかけた。

車同士《くるまどうし》がようやくすれ違《ちが》えるぐらいの狭《せま》い坂道を、政宗さんが歩いて行く。その背中《せなか》から
できるだけ離《はな》れるようにして歩く。

坂を下り切ると、道は右に大きくカーブする。そのカーブ沿《ぞ》いに小さな店が立ち並《なら》んでいる。

(いったいどこへ行こうとしているんだろう?)

考え考え歩いていたら、「直紀《なおき》!」と呼《よ》ばれた。

顔を上げると、政宗さんが小さなお店の前で足を止めている。

「ここの肉屋、メンチカツがめちゃくちゃおいしいんだ。でもそれより、キャッチフレーズが
おもしろいんだ。ほら!」

政宗さんは、屋根に取り付けてある看板《かんばん》を指差した。看板には『かたい信用、やわらかい
肉』と書いてある。

思わずクスッと笑ってしまった。政宗さんも笑っている。

「いいだろう? すごいコピーだろう? どんなにヘコんでいるときでも、これを読むと笑っ
ちゃうんだ」

（ふうん。政宗《まさむね》さんでもヘコむのか）

心の声が聞こえたのだろうか、政宗さんは「ん？」という顔をした。

「おれだってヘコむよ。いまだに常長《つねなが》にダメ出しされるし。……これから行くところは、ヘコんだ時や迷《まよ》った時、一人でよく行くところなんだ」

そう言うと、政宗さんはふたたび歩き始めた。

手前に大きな橋がある。その向こうに家並《いえな》み。そしてその向こうに、木々が生《お》い茂《しげ》る小さな山が見えている。

政宗さんは、迷わず橋に向かう。欄干《らんかん》には「霊屋橋《おたまやばし》／おたまやばし」と書いてある。

「こっちだ、直紀《なおき》」

橋を渡《わた》り切ったら、丁字路《ていじろ》を右へ。歩道もない道を黙々《もくもく》と歩いていった政宗さんは、バス停《てい》の手前を左に曲がった。近くに立っている案内板には、「瑞鳳殿《ずいほうでん》」と書いてある。

レストランやマンションが両脇《りょうわき》に立ち並《なら》ぶ石畳《いしだたみ》の参道は、ゆるやかに上りながら深い杉木立《すぎこだち》の中に消えて行く。

「この山は経ヶ峯《きょうがみね》といって、政宗公が生前、『自分が死んだらここに埋《う》めるように』と命じた場所なんだ。この上に、政宗公が眠《ねむ》る瑞鳳殿がある。創建《そうけん》当時の建物は戦争で焼けてしまって、今ある建物は再建されたものだ」

12、瑞鳳殿

「どうしてこの場所が選ばれたんですか？」

政宗《まさむね》さんはふっと笑った。笑われて初めて、本陣《ほんじん》を出てからまだ一度も自分から言葉を発していなかったことに気づいた。

「仙台城《せんだいじょう》に近くて、城下町を見渡《みわた》せる場所だったからじゃないかな。政宗公はきっと、亡《な》くなったあとも、自分が築《きず》いた仙台を見守りたかったんだと思う」

うっそうと茂《しげ》る杉木立《すぎこだち》の中に入ると、参道の傾斜《けいしゃ》は急にきつくなった。

政宗さんは坂の途中《とちゅう》まで来ると、ちらっと腕時計《うでどけい》を見た。

「閉館《へいかん》時間を過《す》ぎているから、もう中には入れないな」

つぶやくと、特にがっかりした様子もなく歩き出した。

「入れないのに、行くんですか？」

「瑞鳳殿《ずいほうでん》には入れないけど、近くまで行くことはできるんだ。もう観光客もいない時間帯だから、静かだし、いい鍛練《たんれん》になるぞ」

「鍛練」という言葉が出た瞬間《しゅんかん》、昨日のことを思い出した。今日のことも。

苦い思いがよみがえってきて、足が重くなった。

アスファルトの急な坂道は、途中でまた石畳《いしだたみ》になり、石段《いしだん》になり。その石段も、途中で二つに分かれていた。

「このまままっすぐ登ると、感仙殿《かんせんでん》と善応殿《ぜんのうでん》、仙台藩《せんだいはん》の二代藩主と三代藩主の御霊屋《おたまや》だ。政宗《まさむね》公《こう》の瑞鳳殿《ずいほうでん》は、こっちだ」

政宗さんは、左の石段《いしだん》を登り始めた。太い杉《すぎ》の大木が生《お》い茂《しげ》っている上に、日が傾《かたむ》きはじめているせいか、辺りは少し薄暗《うすぐら》い。おまけに、かなしげなヒグラシの声が、やけに大きく響《ひび》いている。

その中を、息を切らすこともなく、政宗さんは軽い足取りで登って行く。

「ここって、お墓《はか》ってことですよね？　こんな時間に一人で登ったりするの、怖《こわ》くないんですか？」

「怖いとか、思ったことはないな。伊達《だて》政宗公のお墓だからな。おれにとってここは特別な場所なんだ。政宗公が実際《じっさい》に見た景色とか、感じた空気とかを、できるだけ体験したいから」

（へえ）と思った。

「政宗さまは、一昨年の四月に杜乃武将隊《もりのぶしょうたい》に入ったって、重綱《しげつな》さまから聞きました。政宗さまになってから二年以上経《た》つのに、今でもまだ勉強しているってことですか？」

「まだまだ足りないよ。やればやるほど、『もっともっと政宗公に近づきたい。近づかなければ』という気持ちが高まってくるんだ」

「本物と比《くら》べる人なんて、いないと思いますけど」

言ってから、(しまった!)と思った。

一瞬《いっしゅん》、政宗《まさむね》さんは足を止めた。けど、すぐまた石段《いしだん》を登りはじめた。

何も言わず、一段一段登って行く。その後ろを、ぼくもついて行く。さっきよりも重くなった足を引きずるようにして。

石段は、五分もかからずに登り切ることができた。境内《けいだい》の手前の柵《さく》は、やっぱり閉《し》まっていた。

奥《おく》の方に山門と建物の屋根だけが見えている。どうやらその立派《りっぱ》な屋根の建物が瑞鳳殿《ずいほうでん》らしい。

政宗さんは、柵の前で姿勢《しせい》を正すと、深々と一礼した。そして、奥の建物に向かって両手を合わせた。

13、心構《こころがま》え

「……直紀《なおき》」

政宗《まさむね》さんがようやく口を開いたのは、石段《いしだん》を下り始めたときだった。

「伊達《だて》政宗公は、ある人にとってはヒーローで、ある人にとっては神さまのような存在《そんざい》なんだ。おれは、その人たちの〝政宗公像《ぞう》〟を傷《きず》つけるようなことをしてはいけないと思っている」

これは、さっきのぼくのつぶやきへの答えだ。ずっと考えていたらしい。

ふと、「呼《よ》び捨《す》てではなく、『公』をつけなさい」と言った、おじいちゃんの顔を思い出した。政宗さんが言うように、おじいちゃんにとって政宗公はヒーローで、神さまみたいな存在なのだろう。

「それに、政宗公のご子孫が、今もこの街《まち》にいらっしゃる。想像《そうぞう》してみろ、直紀。自分のご先《せん》祖《ぞ》さまを茶化《ちゃか》されたりしたら、嫌《いや》じゃないか？　たとえば、お前のおじいちゃんの真似《まね》を、おもしろおかしくやってる奴《やつ》がいたら、腹《はら》が立たないか？」

パン！ と目の前で手を叩《たた》かれたような気がした。

歴史上《れきしじょう》の人物に子孫がいるなんて、考えたこともなかった。ぼくんちのご先祖《せんぞ》さまとぼくたちのことを考えたら、あたりまえのことなのに。

「だからおれは、ちゃんとしなければならないと思ってる。ヒーローとして、神さまとして、あるいはご先祖さまとして、今でも大切に思っている人が大勢《おおぜい》いる仙台《せんだい》で、いい加減《かげん》なことなどできないって」

石段《いしだん》を下りながら、政宗《まさむね》さんは続けた。

「政宗公は、この仙台の土台を築《きず》いた方だ。そして、家臣《かしん》や領民《りょうみん》に慕《した》われた藩主《はんしゅ》だった。そんな政宗公を体現《たいげん》するにはどうしたらいいか、杜乃武将隊《もりのぶしょうたい》に入ってから、おれはずっと考えてきた」

「わかったんですか？」

「わかったっていうか、決めたんだ」

政宗さんは足を止めた。振《ふ》り返り、ぼくを見つめた。

「常《つね》に一生懸命《いっしょうけんめい》であろうと思った。一生懸命は、きっと伝わる。だから、どんなときも、どんな場面でも、一生懸命な人であろうと決めたんだ。……バカみたいだろう？」

うなずきかけて、ハッとした。

（知らない人が聞いたらバカみたいなことを、この人は本気でやろうとしている。……それって、すごくないか？）

「直紀《なおき》、おれは、どんなときも政宗公《まさむねこう》の視点《してん》で考え、言葉を発し、行動したいと考えている。おれだけじゃない。たぶん杜乃武将隊《もりのぶしょうたい》のメンバー全員、いや、全国各地にある『おもてなし武将隊』のメンバー全員が、そう思って懸命《けんめい》に励《はげ》んでいるはずだ」

強い口調。強いまなざし。

ふいに、重綱《しげつな》さんの話を思い出した。

政宗さんは、今の杜乃武将隊のメンバーの中では、誰《だれ》よりも日が浅くて、最初はだいぶ苦労してたって。何より一番あとに入ってきて、隊を率《ひき》いなければならない政宗公を任《まか》されたのは、たいへんなプレッシャーだったろうって。

今なら分かる。政宗さんにも、初陣《ういじん》の時があった。最初から上手《うま》くいったわけではなかったはずだ。――今日のぼくみたいに。

どうやって政宗さんがプレッシャーをはねのけたのか尋《たず》ねたぼくに、重綱さんはこう答えた。

「殿《との》はのう、あるとき覚悟《かくご》を決められたのだそうだ。『政宗公であることで、このまちの力になろう』と。我《われ》らの目にふれぬところでも、ずいぶん鍛練《たんれん》なさったようだ。そういうお方《かた》なのだ」

政宗《まさむね》さんがなぜ今日ぼくをここへ連れてきたのか、わかった気がした。

「そろそろ戻《もど》ろうか。遅《おそ》くなって、仙田《せんだ》さんが心配するといけないからな」

そう言うと、ぼくに背《せ》を向けて、政宗さんはゆっくり石段《いしだん》を下り始めた。

石段をひとつ降《お》りるたびに、ぼくと政宗さんの距離《きょり》が広がってゆく。

「あの！」

たまらず、声をかけた。

「ん？」と、政宗さんが振《ふ》り返る。

「ひとつきいてもいいですか？　なぜぼくに、杜乃武将隊《もりのぶしょうたい》の手伝いを頼《たの》もうと思ったんですか？」

「直紀《なおき》なら、できると思ったから」

ソッコーで返された。

「なぜ？　なぜそう思ったんですか？」

「理由は三つある。ひとつは、剣道《けんどう》だ。〝ちびっこ足軽《あしがる》〟に演武《えんぶ》の予定はないが、剣道をやっている直紀なら、刀の扱《あつか》いや、足軽の鎧《よろい》を着けての基本的《きほんてき》な所作《しょさ》が出来るのではないかと思った」

たしかに、足軽《あしがる》が着ける胴《どう》、草摺《くさず》り、籠手《こて》は、重さは別にして、剣道《けんどう》で使う胴、垂《たれ》、籠手といった防具《ぼうぐ》に似《に》ている。

「二つ目は、『子平町《しへいまち》の藤《ふじ》』の家の子だから。政宗公《まさむねこう》から託《たく》された藤を大切に守っている家の子なら、きっと政宗公への思いが強いだろうと思ったんだ」

うつむいた。藤を大切に守っているのはおじいちゃんで、ぼくは何の手伝いもしていない。それどころか、庭にお客さんが来るとピアノを思いっきり弾《ひ》けないから、(花なんか、はやく散っちゃえばいいのに!)なんて思ってた。

「三つ目は、直紀《なおき》の心構《こころがま》えだ。藤の取材に行ったとき、おれが『剣道のどの辺が面白《おもしろ》いのか?』と聞いたのを覚えてるか?」

「はい」

「そのとき直紀はこう答えたんだ。『相手の気持ちを読むところです』って。へぇ、と思った。その心構えは、おもてなしの基本《きほん》だから。おもてなしというのは、相手の気持ちを考え、思いやり、喜《よろこ》んでいただくことだ。杜乃武将隊《もりのぶしょうたい》のメンバーは、そんなおもてなしができるよう、常《つね》に心がけている」

「おもてなし」という言葉が、胸《むね》に響《ひび》く。あいさつや所作《しょさ》を覚えるのが精一杯《せいいっぱい》で、お客さまのことなんて考えたこともなかった。

「直紀《なおき》には、その心構《こころがま》えがあると思った。だから、できると思った」

「足軽《あしがる》が、ですか？」

「足軽は、おもてなしの心が最も求められる役だ。……本当は、おれが一番やりたかった役でもある」

「え？」

いつも〝殿《との》〟感いっぱいの政宗《まさむね》さんが足軽なんて、想像《そうぞう》もつかない。

「やっぱり直紀も、『足軽なんてつまらない』と思うか？」

「も、って？」

「おれには、十一離《はな》れた弟がいるんだ。春樹《はるき》っていうんだけど。『本当は足軽になりたかった』と言ったら、『ふつうは主役を目指すんじゃないの？』って驚《おどろ》かれた」

政宗さんは「でもな」と続けた。

「政宗公や武将《ぶしょう》たちを『らしく』見せるのは、実は足軽なんだ」

うなずいた。鍛練《たんれん》のとき、重綱《しげつな》さんも同じことを言っていた。

「足軽には足軽にしかできないことがある。足軽がおぜん立てをすることで武将たちを輝かせることが出来たら、最高にかっこいいとおれは思ってる」

一点の曇《くも》りもない目。本気でそう思っている目だ。

次の瞬間《しゅんかん》、表情《ひょうじょう》が変わった。

政宗《まさむね》さんは顔を上げ、ゆっくりとぼくに向き直った。

「直紀《なおき》、杜乃武将隊《もりのぶしょうたい》の政宗として、改めてお願いする」

姿勢《しせい》を正し、顎《あご》をひいた。

「『奥州《おうしゅう》・仙台《せんだい》おもてなし集団《しゅうだん》』を名乗っている我《われ》らは、仙台・宮城・東北の魅力《みりょく》を伝える、おもてなしのプロであらねばならん。そんな杜乃武将隊の足軽《あしがる》・直太《なおた》として、ひと夏、我らとともにこのまちのために力を尽《つ》くしてほしい」

凛《りん》とした声が、参道に響《ひび》く。政宗さんのまっすぐなまなざしが、胸《むね》を貫《つらぬ》く。

熱いものが、じわじわと広がってゆく。

心の針《はり》が「やめたい」から「やりたい」にゆっくりと押《お》し戻《もど》されてゆく。

(できるだろうか?)と、自分の心に問いかける。

わかってる。杜乃武将隊の一員になることも、足軽の直太になることも、簡単《かんたん》ではないってことは。でも……、

「やります!」

力を込《こ》めて、うなずいた。

できるかどうかなんて、わからない。――でも、「やる」。

「ぼく、杜乃武将隊《もりのぶしょうたい》の足軽《あしがる》・直太《なおた》になります！」

「うむ！」

政宗《まさむね》さまと目が合った瞬間《しゅんかん》、風が強く吹《ふ》いてきた。

風は経ヶ峯《きょうがみね》の上の方から、杉木立《すぎこだち》をざわつかせながら吹き降《お》りてくる。

見えない誰《だれ》かに、背中《せなか》を押《お》されたような気がした。

14、おもてなし

初陣《ういじん》の翌日《よくじつ》から、ぼくはほぼ毎日、お城に出陣《しゅつじん》するようになった。

山部《やまべ》さんが教えてくれた通り、夏の杜乃武《もりのぶ》将隊《しょうたい》は引《ひ》っ張《ぱ》りだこらしく、メンバー全員でのお城への出陣は、週に一回あるかどうかだ。平日は日替《ひが》わりで二人か三人ずつ出陣する。そのうちの一人は、ぼくだ。

予定では、ちびっこ足軽《あしがる》の出陣は夏休みの間一〇回程度《ていど》ということだったようだけど、山部さんにお願いして増《ふ》やしてもらった。

「夏休みの間、できたら毎日出陣したいんだけど」

初陣の日の夜、お母さんに相談したら、さすがに「大丈夫《だいじょうぶ》？」と返された。

お母さんの心配はもっともだ。ぼくの一週間は剣道《けんどう》とピアノと書道でほとんど埋《う》まっている。

でも、「足軽の直太《なおた》になる」と決めた以上、中途半端《ちゅうとはんぱ》にはしたくなかった。

重綱《しげつな》さまとの鍛練《たんれん》のこと、初陣で悔《くや》しい思いをしたこと、瑞鳳殿《ずいほうでん》で政宗《まさむね》さんと話したことも、お母さんに正直に話した。

お母さんは「そうだったの……」とつぶやくと、

「わかった。今しかできないことがあるものね。直紀《なおき》ががんばるっていうなら、応援《おうえん》する」

そう言ってくれた。

話し合った結果、八月は、剣道《けんどう》もピアノも書道も休むことに決めた。

そして「週に二日は必ず休む」「勉強をおろそかにしない」と約束した。

おじいちゃんも賛成《さんせい》してくれた。

「直紀が足軽《あしがる》をがんばるなら、おじいちゃんは、送り迎《むか》えをがんばる」って。

おばあちゃんは「熱中症《ねっちゅうしょう》にだけは気をつけるのよ」って心配してくれた。

あの日……初陣《ういじん》の日、二人はお城に来てくれていた。

ぼくが緊張《きんちょう》しないように、遠くから見守ってくれていたらしい。おじいちゃんは愛用のデジカメで写真を撮《と》ってくれていたんだけど、遠いからぜんぶピンボケ。数少ないクリアな写真も、ぼくはゴマ粒《つぶ》ぐらいにしか写っていなかった。

それでも、夕方本陣《ほんじん》に迎えに来てくれたときは、「実にあっぱれだった！」と感激《かんげき》していた。

「まるでご先祖《せんぞ》さまを見ているようだった」って。

おばあちゃんは、「あまりよく見られなかったの。なんだか胸《むね》がいっぱいになっちゃって」

と目を潤《うる》ませていた。

二人の話を聞いて（やめなくてよかった）と心から思った。

杜乃武将隊《もりのぶしょうたい》の足軽《あしがる》になる覚悟《かくご》を決めてから、最初にしたのは「ございん音頭《おんど》」を覚えることだった。

おもてなしの合間に重綱《しげつな》さんに特訓をお願いしたら、「まったく、直太《なおた》は手がかかるのう」と、笑いながら引き受けてくれた。

「もっと元気をださんか！」「もっと楽しそうに踊《おど》らんか！」

特訓は相変わらずの鬼小十郎《おにこじゅうろう》モードだったけど、もうビビったりはしない。杜乃武将隊が何を目指しているのか、わかったから。

「こんにちは、ようこそ仙台城《せんだいじょう》へ！」

お客さまに大きな声で話しかける。

それから、笑顔《えがお》であいさつをする。

「某《それがし》の名は、杜乃武将隊の足軽、直太にございます」

そして、杜乃武将隊パンフレットや「かわら版《ばん》」を配る。

政宗公《まさむねこう》の騎馬像《きばぞう》の前や展望台《てんぼうだい》で記念写真を撮《と》ろうとしているお客さまには、「お写真をお撮りしましょうか」と声をかけて、スマホやデジカメのシャッターを押《お》す。

「武将《ぶしょう》と話してみたい」「花押《かおう》（サインのことだ）がほしい」「一緒《いっしょ》に記念写真を撮《と》りたい」というお客さまがいたら、武将を呼《よ》びに行く。

「杜乃《もりの》武将隊ってなんですか？」「あの武将は誰《だれ》ですか？」

質問《しつもん》されたら、パンフレットや「かわら版《ばん》」を見せながら、説明する。

お城でのおもてなしは、だいたいこんな感じだ。

もちろん、最初からうまくできたわけじゃない。

お客さまにスルーされることもあったし、「こんにちはー！」と大きな声を出し過《す》ぎて、赤ちゃんが泣き出してしまったり。パンフレットを配ろうと近づいていったら、小さい子に怖《こわ》がられたりもした。気難《きむずか》しそうなおじさんに、嫌《いや》な顔をされたこともある。

心が折れそうになることもあったけど、あの政宗《まさむね》さんでさえ、最初は苦労したんだと思ったら、がんばれた。

一つわかったのは、お客さまには、いろいろな人がいるってことだ。

いろいろな人がいて、ひとりひとり杜乃武将隊に求めるものがみんな違《ちが》う。武将と歴史《れきし》の話をしたい人もいるし、そっと遠くから見ていたい人もいる。一緒に写真を撮りたい人もいるし、自分は写りたくない人もいる。

全員に楽しい思い出を持ち帰ってもらうのは、たいへんなことなんだってこともわかった。ヘコむこともあるけれど、「楽しかった」とか、「また来ます」と言ってもらえると、元気がわいてくる。どんなに疲《つか》れていてもうれしくなって、「またがんばろう！」という気持ちになるから不思議だ。

お客さまに自分から話しかけたり、説明できるようになるにつれて、おもてなしがどんどん楽しくなっていった。

15、七本松夏祭《ななほんまつ》り

「明日の夜、夏祭りに行ってみない？」

そうお母さんに誘《さそ》われたのは、足軽《あしがる》になってから二週間が過《す》ぎた頃《ころ》のことだった。

「知り合いが住んでいるマンションの夏祭りなんだけど、そこに杜乃武将隊《もりのぶしょうたい》が来るんだって」

「へえ」

知らなかった。本陣《ほんじん》に出陣表が貼《は》ってあるけど、八月はお役目が多すぎて全て書き込《こ》まれているわけではないらしかった。

「たまには、お客さんとして杜乃武将隊を見てみるのも、いいんじゃない？」

お母さんの言葉に、「行く！」とソッコーで返した。

次の日、本陣の近くでお母さんと待ち合わせをして、地下鉄とバスを乗り継《つ》いで七本松という町に向かった。夏祭りに行くことは、政宗《まさむね》さんにも、山部《やまべ》さんにもナイショだ。

夏祭りの会場は、大きなマンションの敷地内《しきちない》にある公園だった。

お祭りの提灯《ちょうちん》が揺《ゆ》れる公園の真ん中には、「七本松夏祭り《ななほんまつ》」という看板《かんばん》がかかげられた小さな舞台《ぶたい》も作られていた。その舞台を囲《かこ》むように、焼きそば、焼きとり、牛たん焼きなど、食べ物の屋台が出ている。

「仙田《せんだ》さん！」

会場の入り口に近づいたとたん、赤い法被《はっぴ》を着た女の人が手を振《ふ》りながら駆《か》け寄《よ》ってきた。歳《とし》は、お母さんと同じぐらい。首には「夏祭り実行委員会」というネームカードを下げている。

「水沢《みずさわ》さん、ごぶさたしています。お招《まね》き、ありがとうございます」

お母さんの言葉に、水沢さんはうんうんうなずくと、ぼくに目をとめた。

「あら、君はもしかして、直紀《なおき》……くん？」

「あ、はい」

「まあ、大きくなって！　直紀くんが避難所《ひなんじょ》に来てくれていた頃《ころ》は、まだヨチヨチ歩きだったのにね」

「避難所？」

お母さんを振《ふ》り返ると、うなずいている。

「水沢晴美《はるみ》さんよ。覚えてない？　日和山《ひよりやま》の避難所にボランティアに行ってたとき、直紀のことをとってもかわいがってくれたのよ」

「避難所《ひなんじょ》に行ったことは覚えてるけど、水沢《みずさわ》さんのことは……」

覚えていない。覚えているのは、お年寄《としよ》りたちに「なおくん」「なおくん」って、可愛《かわい》がってもらったことだけだ。

「あら、じゃあ、うちのおばあちゃんと美咲《みさき》のことも覚えていないかしら?」

「美咲さん……ですか?」

「直紀《なおき》ったら、覚えてないの? お母さんが集会室でボランティアをしている間、直紀と遊んでくれていたお姉さんよ。直紀より二つ上だから、もう……」

「もう、中学一年生よ」

そう言うと、水沢さんは振《ふ》り返った。

「おばあちゃん、美咲、ちょっと来て。仙田《せんだ》さんところの、なおくん! ほら、こんなに大きくなって」

すると、人ごみの中から、おばあさんと女の子が近づいてきた。おばあさんは水色の浴衣《ゆかた》。女の子は、髪《かみ》をお団子《だんご》に結《ゆ》って、淡《あわ》いピンクの浴衣を着ている。

「まあ、仙田《せんだ》さん、お久《ひさ》しぶりでございます。その節《せつ》はお世話になりました」

おばあさんはていねいに頭を下げると、すぐにぼくに向き直った。

「なおくん、なおくんなの？　まあ、ほんとうに大きくなったこと」

「大きくなった」「大きくなった」と言われて、少しこそばゆい。

「すみません、ぼく、あの……あんまり覚えてなくて」

「えーっ、じゃあ、もかちゃんのことも覚えてないんだ？」

美咲《みさき》さんが、目をむいた。

「もか……ちゃん？」

「もかちゃんはあんたより一つ年上の女の子。二人はすっごく仲よかったんだよ？　覚えてないなんて信じられない！」

「こら、美咲！」「美咲、失礼でしょ！」

水沢《みずさわ》さんとおばあさん、二人同時にたしなめられて、美咲さんは「ふん！」と鼻を鳴らした。

それから、おばあさんに向き直ると、

「ねえ、おばあちゃん、もうすぐ杜乃武将隊《もりのぶしょうたい》が来るよ。せっかくだから、前の方でみようよ」

「え、でも……」

渋《しぶ》るおばあさんの手をぐいぐい引いて、美咲さんは行ってしまった。

「ごめんなさいね、直紀《なおき》くん。美咲もおばあちゃんも、杜乃武将隊を応援《おうえん》しているの。政宗《まさむね》さまの大ファンなのよ」

ドキッとした。

「でも、最近は部活が忙《いそが》しくて、なかなかお城に行けてなくて。……直紀《なおき》くん、杜乃武将隊《もりのぶしょうたい》って、知ってる?」

「え、はい、まぁ……」

お母さんと、こっそり顔を見合わせた。

「ここの夏祭りは、住人みんなでつくる手作りのお祭りなの。杜乃武将隊はね、こういう地元の小さなお祭りも大事にしてくれているのよ」

よく見ると屋台で料理を作っているのは、エプロンをしたお母さんたちや、頭にタオルを巻《ま》いたお父さんたちだ。

「震災《しんさい》のあと、仙台《せんだい》では地域《ちいき》のお祭りが見直されるようになったの。災害《さいがい》の時は、隣《となり》近所の協力が大事だということがわかったから。武将隊の方たちも『地域《ちいき》のためになるなら』って、毎年盛《も》り上げに来てくれているのよ」

水沢《みずさわ》さんの言葉にうなずくと、お母さんは「すごいのね、杜乃武将隊って」とほほ笑《え》んだ。

すると、「直紀くん」と水沢さんがぼくを見つめた。

「杜乃武将隊もすごいけど、直紀くんのお母さんもすごいのよ」

「え、どういうことですか？」

「直紀《なおき》くんのお母さんはね、震災《しんさい》のすぐあと、被災地《ひさいち》に手仕事を届《とど》けるプロジェクトを仲間と立ち上げて、津波《つなみ》で何もかも流されてしまった私《わたし》たちのところに裁縫《さいほう》道具を届けてくれたの」

「裁縫道具……ですか？　食糧《しょくりょう》とか衣類とかじゃなく？」

振《ふ》り返ると、お母さんはニコニコしながらうなずいている。

「避難所《ひなんじょ》にいた私たちは大喜《おおよろこ》びだったのよ。裁縫道具ってね、おばさんたちの年代には、日《にち》常《じょう》生活のシンボルみたいなものなの。みんなとおしゃべりしながら縫《ぬ》い物をしていると、心が満たされて、その時間だけは辛《つら》いことを忘《わす》れられたの」

「そう……だったんですね」

お母さんがしたことを、水沢《みずさわ》さんはじめ避難所にいた人たちが喜《よろこ》んでくれていた。そう思ったら、ぼくまでうれしい気持ちになった。

「それだけじゃないの。直紀くんのお母さんはね、心が折れそうになっていた私たちを、いつも『大丈夫《だいじょうぶ》。絶対《ぜったい》に大丈夫』って励《はげ》ましてくれたのよ」

お母さんのあのおまじないは、ボランティアをしていた頃《ころ》の口癖《くちぐせ》だったんだ。

「その言葉があったから、私は今日まで歩いてこられたのよ」

そう言ってにっこり笑うと、

「じゃあ、ゆっくり楽しんでいってね。私は本部のテントにいるから」

水沢《みずさわ》さんは広場の向こうにあるテントに向かった。

さっそうと歩いて行く水沢さんの背中《せなか》を見送ったお母さんは、

「よかった。本当によかった」とつぶやいた。

「直紀《なおき》、水沢さんはね、家族四人で日和山《ひよりやま》という日本で二番目に低い山があったまちに住んでいたの。あの震災《しんさい》で家を流されて……ご主人も亡《な》くされたのよ」

（そうか、美咲《みさき》さんは、震災でお父さんを亡くしたのか……）

「水沢さんとは、彼女《かのじょ》がおばあちゃまと美咲ちゃんと三人で避難所《ひなんじょ》にいたときに出会ったの。同年代で、子どもの歳《とし》も同じくらいだったから、すぐに仲良くなって、ここへ移《うつ》ってからもときどき連絡《れんらく》をとりあっていたの」

「水沢さん、元気そうでよかったね」

「そうね。たいへんな思いをしてここまできたんだと思うわ。復興《ふっこう》が進んでいるように見えるけど、このまちには、水沢さんのような方が大勢《おおぜい》いることを忘《わす》れてはいけないと思う。直紀も、忘れないでね」

そう言うと、お母さんはぼくの肩《かた》をギュッとつかんだ。

公園のベンチに座《すわ》って、お母さんと熱々の牛たんを食べたり、ラムネを飲んだりしていたら、会場がざわざわしはじめた。と思ったら、スピーカーから聞きなれた音楽が流れだした。

「武将隊《ぶしょうたい》だー！」

小さい子どもたちが、舞台《ぶたい》に向かって走り出す。近くにいた大人たちも、「杜乃《もりの》武将隊ですって」などと楽しそうに話しながら移動《いどう》しはじめた。

「わー！」

舞台のほうから、拍手《はくしゅ》と歓声《かんせい》がわき起こる。

政宗《まさむね》さんを先頭に、景綱《かげつな》さん、重綱《しげつな》さんが登場したのだ。

「ぼくも行ってくる！」

お城以外で演武《えんぶ》をみるのは初めてだ。お母さんをベンチに残して、舞台の近くまで行ってみた。

いつも通りの演武と名乗りが終わったあと、政宗さんが口を開いた。

「本日は、七本松《ななほんまつ》夏祭りにお招《まね》きいただき、誠《まこと》にありがとう存《ぞん》ずる。我《われ》ら杜乃武将隊は、この『七本松夏祭り』のような、地元の民《たみ》がつくりあげる祭りを大切に思うておる」

「祭本部」と書かれたテントの中から、「わーっ」と歓声と拍手が上がった。たぶんあの中に、水沢《みずさわ》さんもいるはずだ。

「国をつくるは民、民《たみ》を楽しませるは祭りなれば、我《われ》らはその楽しみを一〇〇倍にも一〇〇〇倍にもする手助けをしたいと願うておる。皆《みな》の笑顔《えがお》が、この地の力になる。七本松《ななほんまつ》マンションの皆々よ、盛《も》り上がってまいるぞー！」

「おーっ！」

会場全体から、声が上がった。子どもたち、大人たち、おじいさんやおばあさんも拳《こぶし》を突《つ》き上げている。

「それでは皆で、『ございん音頭《おんど》』を踊《おど》るといたそう。――音曲《おんぎょく》、はじめーっ！」

政宗《まさむね》さんが合図をし、音楽が始まると、景綱《かげつな》さんと重綱《しげつな》さんが、舞台《ぶたい》から飛び降《お》りた。そして、集まった人の中に飛び込《こ》んで、楽しそうに踊り始めた。

舞台にいる政宗さんもだ。いつもより楽しそうに踊っている。

その姿《すがた》に引き込まれるように、子どもも大人も見よう見まねで踊りはじめた。

武将《ぶしょう》たちの気迫《きはく》とお祭りの熱気がそうさせるのか、恥《は》ずかしがっている人は一人もいない。

振《ふ》りができない人も、楽しそうに体を揺《ゆ》らしている。

歌詞《かし》が二番に入ったところで、ひらり。政宗さんが舞台から飛び降りた。

たちまち「わーっ！」と歓声《かんせい》が上がる。

歌いながら、踊《おど》りながら、政宗《まさむね》さんたちはお客さんの間を回っている。そのあとを、子どもたちが着いていく。

(こっちに来たらどうしよう)

ドキドキしながら踊っていたら、政宗さんが近づいてきた。

目が合った!

一瞬《いっしゅん》目を見開いた政宗さんだったが、小さく頭を下げたら、ニッと笑ってうなずいた。そして、踊りながら舞台《ぶたい》に戻《もど》っていった。

「ございん音頭《おんど》」が終わったら、勝鬨《かちどき》だ。

「このまちのさらなる復興《ふっこう》と、皆《みな》の健勝《けんしょう》、七本松《ななほんまつ》マンションの絆《きずな》がますます強くなることを願って、勝鬨じゃ。——いざ!」

その場にいる全員が、政宗さんの声に合わせて右手を上げた。子どもも、大人も、お年寄《としよ》りもだ。

「エイ・エイ・オー!」

みんなの声が、公園に響《ひび》き渡《わた》る。

「エイ・エイ・オー!」

ぼくもまた、願いながら声を上げる。

「エイ・エイ・オ―――――ッ！」

みんなの願いをのせた声は、夏の夜空に吸《す》い込《こ》まれていった。

「それでは皆《みな》のもの、また会おうぞーっ！」

勝鬨《かちどき》を上げたら、杜《もり》乃《の》武《ぶ》将隊《しょうたい》の出番は終わりだ。

たくさんの拍手《はくしゅ》と歓声《かんせい》の中を、政宗《まさむね》さんたちはさっそうと帰っていく。

拍手をしている人たちの中には、水沢《みずさわ》さんや美咲《みさき》さんのほかにも、震災《しんさい》で家や家族を失って、沿岸部《えんがんぶ》から移《うつ》ってきた人がいるかもしれない。政宗さんたちがこういう地域《ちいき》のお祭りを大事にしている理由が、分かったような気がした。

お城に来た人をおもてなししたり、仙台《せんだい》・宮城の観光ピーアールをするのと同じくらい、地元の人たちに寄《よ》り添《そ》い、元気づけるのも、杜乃武将隊の大事な役割《やくわり》なんだ、たぶん。

ぼくは、初めて杜乃武将隊に出会った人みたいに、いつまでも拍手し続けた。

16、円通院《えんつういん》

「直太《なおた》は明日、休みだったよな？　松島《まつしま》にいっしょに行かないか？」

本陣《ほんじん》で政宗《まさむね》さんに声をかけられたのは、八月二三日の夕方だった。

「松島……ですか？　でも、殿《との》は明日、ご出陣《しゅつじん》でしたよね？」

「だから、さ。明日は松島で『瑞巌寺《ずいがんじ》ツアー』があるんだ」

「ツアー？」

ぼくはまだお城にしか出陣したことがない。ツアーへの出陣は初めてだ。

「ぼくは何をすればいいんですか？」

「ちがう、ちがう。杜乃武将隊《もりのぶしょうたい》の『瑞巌寺ツアー』に参加しないか？　ってこと。お客さんとして」

「え？」

「直太は夏休み中、ずっとお城に出陣しっぱなしだったろう？　『急だけど、夏休みらしいことをさせてやってはどうだろう』って、山部《やまべ》さんが。『よかったら仙田《せんだ》さんもいっしょに』ってさ」

即答《そくとう》した。

「参加します！　参加したいです！」

「きっとおじいちゃんも、喜《よろこ》んで参加すると思います」

「よし、じゃあ決まり！　明日は松島《まつしま》海岸駅に、午前八時三〇分に集合だ」

そう言うと政宗《まさむね》さんは、「瑞巌寺《ずいがんじ》」は政宗公の位牌《いはい》が祀《まつ》られている菩提寺《ぼだいじ》で、本堂《ほんどう》は国宝《こくほう》に指定されていること。そこでは政宗公の月命日（毎月二四日）に法要が行われていること。

「瑞巌寺ツアー」では、その法要に参加したり、お坊《ぼう》さんの案内で、普段《ふだん》は入れない部屋の見学もできることを教えてくれた。

「ツアーは午前中で終わる予定だから、午後は一緒《いっしょ》に円通院《えんつういん》に行こう」

「円通院？」

「政宗公の孫の光宗《みつむね》公の菩提寺《ぼだいじ》だ。庭がきれいで、おれのお気に入りなんだ」

つまり、円通院も瑞鳳殿や瑞巌寺と同じく、政宗公ゆかりの場所ってことだ。

（政宗さんらしいな）と思った。

八月二四日、ぼくは仙石線《せんせき》松島《まつしま》海岸駅のホームに降《お》り立った。おじいちゃんも一緒《いっしょ》だ。

「初めて来たけど、松島ってこんなきれいなところだったんだね」

高台にあるホームからは、松に覆《おお》われた小さな島が海にたくさん浮《う》かんでいるのが見える。海からの風が、潮《しお》の香《かお》りとウミネコの声を運んでくる。

「初めて、ではないぞ、直紀《なおき》」

景色を眺《なが》めながら、おじいちゃんがつぶやいた。

「え？」

「赤ん坊《ぼう》の頃《ころ》、松島にきたことがあるんだぞ」

「ぜんぜん覚えてないや。おじいちゃんは、松島によく来てたの？」

「まあ……な」

答えながら、おじいちゃんはなぜか目をそらした。

そう言えば、昨日「おじいちゃんも一緒に松島に行こうよ」と誘《さそ》ったときも、「松島かぁ」って一瞬《いっしゅん》ビミョーな顔をしていたっけ。

（松島で、何かあったのかな？）

気にはなったけど、電車の時間を調べたり、松島の地図をチェックしたりしているうちに、そのままになってしまった。

「ではこれより、瑞巌寺《ずいがんじ》に出発いたす！」
松島《まつしま》海岸駅の駅舎前《えきしやまえ》で受付を済《す》ませると、政宗《まさむね》さんを先頭にしてツアーの一団《いちだん》が歩き出した。参加者は、ぼくとおじいちゃんを含《ふく》めて一五人ほど。列の中ほどには常長《つねなが》さん、最後尾《さいこうび》には山部《やまべ》さんがいる。

駅から瑞巌寺までの通りは、まだ早い時間帯にもかかわらず、観光客が歩いている。そういう人たちにも政宗さんたちは、「ようこそ松島へ！」「どちらからまいられた？」と声をかけながら歩いている。

瑞巌寺では、案内役のお坊《ぼう》さんが待ち構《かま》えていて、まずは政宗公の月命日の法要に参加した。

法要は、金色のふすまに孔雀《くじゃく》の絵が描《えが》かれた「室中《しっちゅう》孔雀の間」と呼《よ》ばれる部屋で行われた。床《ゆか》が鏡のように磨《みが》き上げられた部屋で、何人ものお坊さんがお経《きょう》をあげる姿《すがた》を間近で見たあと、政宗さんを先頭に、参加者全員が一人ずつ政宗公の位牌《いはい》にお焼香《しょうこう》させてもらった。

おじいちゃんは、「亡《な》くなってから四〇〇年以上経《た》った今でもこうして、政宗公は手厚《てあつ》く供《く》養《よう》されているんだなぁ」と感激《かんげき》していた。

法要のあとは見学だ。「室中孔雀の間」を中心に、一般《いっぱん》のお客さんは入ることができない政宗公や歴代《れきだい》の住職《じゅうしょく》の位牌《いはい》が祀《まつ》られた部屋、政宗公が座《すわ》ったという上段《じょうだん》の間、明治天皇《めいじてんのう》をお迎《むか》えしたという上々段《じょうじょうだん》の間を、お坊《ぼう》さんの説明を受けながら見学した。

最後に政宗《まさむね》さん、常長《つねなが》さんと記念写真を撮《と》って、「瑞巌寺《ずいがんじ》ツアー」は終了《しゅうりょう》だ。

ぼくとおじいちゃんは、松島の海が見えるレストランでお昼を食べて、円通院《えんつういん》に向かった。

円通院は、瑞巌寺のすぐ隣《となり》にあった。

政宗さんと約束した午後一時、茅葺《かやぶき》の山門《さんもん》の前に着くと、すぐにおじいちゃんの携帯《けいたい》が鳴った。

「はい、はい。仕事なら仕方ありませんな。承知《しょうち》しました。ではのちほど」

おじいちゃんの言葉で、だいたいの状況《じょうきょう》は分かった。

おもてなしをしていると、いろんなことが起こる。足軽《あしがる》の直太《なおた》になってぼくは、「大人には、約束を破《やぶ》るつもりがなくても、そうなってしまうことがある」ということを学んだ。……お役目だから。

「政宗さまは少し遅《おく》れるから、先に入っていてほしいとのことだ」

やっぱりだ。

ぼくらは、受付で拝観料《はいかんりょう》を払《はら》い、パンフレットを手に境内《けいだい》に入った。

山門の奥《おく》に真《ま》っ直《す》ぐに続く石畳《いしだたみ》の道の左右には、みずみずしい緑の木々が生《お》い茂《しげ》っている。

16、円通院

白い砂《すな》に点々と石が配置された庭園、壁《かべ》にあけられた丸い窓《まど》が目を引く腰掛待合《こしかけまちあい》を経て奥《おく》に向かうと、政宗公《まさむねこう》の孫・光宗公《みつむね》の騎馬像《きばぞう》は「三慧殿《さんけいでん》」と呼《よ》ばれるお堂《どう》の厨子《ずし》の中にあった。

杉木立《すぎこだち》の中を通り、バラが咲《さ》いている庭を抜《ぬ》けて、円通院《えんつういん》の本堂《ほんどう》・大悲亭《だいひてい》にたどりついた頃《ころ》には、暑さでへとへとになった。

大悲亭は、「本堂」とは言うけれど、普通《ふつう》のお寺の本堂とはちょっと違《ちが》う。もともとは江戸《えど》で光宗公が夏に涼《すず》しさを楽しむために使っていた屋敷《やしき》で、光宗公が亡《な》くなったのを機に松島《まつしま》に移築《いちく》されたのだそうだ。

茅葺《かやぶき》屋根の下には二間続きの座敷《ざしき》（そのひとつの座敷に、観音《かんのん》さまが祀《まつ》られている）があり、座敷の周りは縁側《えんがわ》になっている。

「おじいちゃん、政宗さまから連絡《れんらく》が来るまでここで休んでようよ」

ぼくらは、その縁側に腰《こし》を下ろした。

正面には、池がある。水面を超《こ》えて、涼《すず》しい風が吹《ふ》いてくる。

「気持ちいいね、おじいちゃん？」

見ると、おじいちゃんは手帳を手にじっと池を見つめている。

水面には、池の周りに植えられた青いモミジがさかさまに映《うつ》っている。

「おじいちゃん、大丈夫《だいじょうぶ》？　どうかした？」

おじいちゃんはふうっと息を吐《は》くと、手帳の間から写真をとり出した。

写真には、おじいちゃん、おばあちゃん、お父さん、お母さん。そして翔子《しょうこ》おばさんと、おばさんに抱かれた赤ん坊《ぼう》のぼくが写っている。――ピアノの上に飾《かざ》ってあった、あの写真だ。

「その写真が、どうか……」

言いかけて、はっとした。写真には池が写っている。そしてその池には、ライトアップされた木が、さかさまに映《うつ》っている。――間違《まちが》いない、この場所だ！

「直紀《なおき》が生まれた年の、一一月だった」

おじいちゃんが、口を開いた。

「翔子の病気が悪化して入院することになった。その前日、翔子が急に『みんなで円通院《えんつういん》の紅《こう》葉《よう》ライトアップを見に行きたい』と言いだしたんだ」

声がかすれている。

「池に映ったモミジがとにかくきれいで、翔子が『この世とあの世の境《さかい》みたい』なんて言ったもんだから、ばあさんが『縁起《えんぎ》でもない！』って怒《おこ》りだして……。これが最後の写真になっちまったなぁ。……おい、翔子」

おじいちゃんは小さく笑いながら、翔子おばさんの頬《ほお》の辺《あた》りをそっとなでた。

「いいお写真ですね」

16、円通院

ふいに、背中《せなか》で声がした。振《ふ》り返ると、灰色《はいいろ》の着物を着て、首から四角い布《ぬの》を下げた女の人が立っていた。髪《かみ》の毛は、きれいに剃《そ》られている。

――お坊《ぼう》さん？

女の人は、くすりと笑った。

「驚《おどろ》かせてしまいましたね。私《わたし》はこの寺の副住職《ふくじゅうしょく》の天野《あまの》と申します」

（驚いた。本当にお坊さんだったんだ！）

ぶしつけなぼくの視線《しせん》を気にする様子もなく、天野さんは縁側《えんがわ》に座《すわ》ると、「ちょっとよろしいですか？」と、おじいちゃんから写真を受け取った。

「この木の感じと光の感じは、震災前《しんさいまえ》のライトアップですね。円通院《えんつういん》のライトアップは毎年テーマがあって、光の色や配置を変えているんですよ」

「おっしゃる通り、これは震災の二年前に撮《と》ったものです。実は、私が松島《まつしま》を訪《たず》ねたのは、この写真を撮った日以来なんです」

「そうでしたか。それはよくお越《こ》しくださいましたね」

「円通院のライトアップが復活《ふっかつ》したのは、震災の何年後だったのですか？」

おじいちゃんの問いかけに、天野さんは微笑《ほほえ》んだ。

「震災の年も、ライトアップはありましたよ」

「震災《しんさい》の年も？　ここは、津波《つなみ》の被害《ひがい》はなかったのですか？」

「津波は、山門の手前で止まったんです。松島《まつしま》の島々が守ってくれたのか、不思議なことに、この辺《あた》りのお寺はみな無事でした」

天野さんの言葉に、おじいちゃんはほうっとため息をついた。

「それは何よりでした。しかし、その年にライトアップをするのはたいへんだったのでは？」

「最初は何も考えられませんでした。『松島を盛《も》り上げたい』という一心《いっしん》ではじめて、二〇〇四年からがむしゃらに頑張《がんば》ってきたものが、震災ですべて崩《くず》れ去《さ》ってしまったような気がして。でも、あるお客さまが……」

天野《あまの》さんは手の中の写真に目を落とした。

「『ぜひ続けてください』と言ってくださったんです。震災で高齢《こうれい》のお母さまを亡《な》くされた方でした。お母さまとの最後の思い出が、円通院《えんつういん》のライトアップだったのだそうです」

おじいちゃんの肩《かた》が、ぴくりと動いた。

「お母さまはライトアップを見て、『極楽浄土《ごくらくじょうど》のようだ』と喜《よろこ》んでくださったそうです。『こんなきれいなところなら、あの世も悪くないかもしれないねぇ』と。その方は『ここに来ると母に会えるような気がして、元気が出るんです』といって、毎年来てくださっています」

うんうんとうなずきながら、おじいちゃんはしきりに瞬《まばた》きをしている。

「私《わたし》がはじめたライトアップが、誰《だれ》かの人生の大切な思い出になっていたなんて、考えもしませんでした。『元気が出る』と言ってくださる方が一人でもいるならば、続けよう！　続けなければ！　と思いました」

天野《あまの》さんは、強いまなざしで水面を見つめた。

ハッとした。そのまなざしが、政宗《まさむね》さんによく似《に》ていたからだ。

「今年もまたライトアップを行います。よろしければお越《こ》しください」

やわらかく微笑《ほほえ》むと、天野さんはおじいちゃんに写真を返した。

受け取ったおじいちゃんは、「はい」とうなずいて、そっと目元をぬぐった。

それから、小さな声で「会いに来ます」とつけたした。


結局、政宗さんとは円通院《えんつういん》の隣《となり》のお食事処《どころ》「洗心庵《せんしんあん》」で合流した。

「遅《おく》れてすみません！」

走ってきた政宗さんは、Tシャツにジーンズ姿《すがた》だった。長い髪《かみ》を首の後ろで小さくまとめて肩《かた》にサイクリングバッグをかけている姿《すがた》は、観光客と変わらない。

「遅れたお詫《わ》び」と言って、政宗さんはかき氷をご馳走《ちそう》してくれた。

食べながら、おじいちゃんは政宗さんに天野さんの話をした。震災《しんさい》の年のライトアップのこと。「続けよう」と思った、その理由も。

聞き終えた政宗《まさむね》さんは「同じです」とつぶやいた。

「今日の自分たちのおもてなしが、誰《だれ》かの大事な思い出になるかもしれない。一瞬《いっしゅん》の出会いが、誰かの力になるかもしれない、そう考えて、私《わたし》たちは日々おもてなしに臨《のぞ》んでいます。城を訪《たず》ねてくださる方のよい思い出となるように、そしてそれが生きる力となるように、我々《われわれ》は常《つね》に精進《しょうじん》し続けなければならないと思っています」

「仙田家《せんだけ》も同じです。花は毎年同じではありません。四二〇年前にご先祖《せんぞ》が政宗公から託《たく》されたあの藤《ふじ》を、その時々で最高の状態《じょうたい》で見ていただけるよう心を配っています」

おじいちゃんの言葉に、ハッとした。

花の時期は、一年のうちのほんの一週間ほどだ。その一週間のためにおじいちゃんは一年中肥料《ひりょう》をやったり、枝《えだ》を整えたり、棚《たな》を作ったりして、世話をしている。政宗公に託されて以来、仙田家代々《だいだい》のご先祖さまたちがずっとそうしてきたように。

なのにぼくは、(花なんか、はやく散っちゃえばいいのに!)なんて思ってた。

考えていたら、「なあ、直紀《なおき》」と政宗さんに呼《よ》びかけられた。

「何のためであれ、どんなことであれ、一生懸命《いっしょうけんめい》に取り組んだことは、必ず伝わる。きっと誰かの力になる。おれはそう思っている。だから、直紀……あと一週間、がんばろうな」

（そうか）と思った。ぼくが足軽《あしがる》の直太《なおた》でいられるのは、八月三一日まで。もうあと一週間だけだ。今日、政宗《まさむね》さんは、これが言いたくて松島《まつしま》に誘《さそ》ってくれたんだ。たぶん。

政宗さんが、ぼくをじっと見つめている。おじいちゃんもだ。

「はい」とうなずいた。心の底から。

天野《あまの》さんが続けてきた円通院《えんつういん》のライトアップのように、政宗さんたち杜乃武将隊《もりのぶしょうたい》のおもてなしのように、そして、おじいちゃんの藤《ふじ》の庭のように、ぼくのおもてなしが、誰《だれ》かの大切な思い出になるかもしれない。

（なったらいいな。それも、とびきり素敵《すてき》な思い出に）

そう思ったら、胸《むね》の奥《おく》が熱くなってきた。

17、桃太《ももた》

その子がお城に現《あらわ》れたのは、八月の最終週に入った月曜日だった。

お城には、重綱《しげつな》さんと常長《つねなが》さん、そしてぼくの三人が出陣《しゅつじん》していた。

昼下がり、いつものように政宗公《まさむねこう》の騎馬像《きばぞう》がある広場でおもてなしをしていたら、「あのう」と話しかけられた。

「はい？」と振《ふ》り返ると、髪《かみ》をポニーテールに結《ゆ》って、ピンクのチュニックに白いスパッツをはいた小柄《こがら》な女の子が立っていた。

初めて見る子だけど、松葉づえが目に入った瞬間《しゅんかん》、「えっ？」と思った。

（この子、もしかして……。いや、そんなはずはない！　でも……）

ぐるぐる考えていた、その時だ。

「おおー、桃太じゃないか！　どうした、もう歩けるようになったのか？」

重綱さんが、ニコニコしながら近づいてきた。

17、桃太

「はい。松葉づえを使えばなんとか」

「そうか。よかったなぁ。心配しておったのだぞ」

重綱《しげつな》さんは、妹を見るような目で女の子を見つめている。そんな重綱さんを、女の子もキラキラした目で見上げている。

「重綱さま、も、桃太《ももた》……って？」

「おお、そうじゃった、そうじゃった。直太《なおた》、桃太を紹介《しょうかい》してやろう」

「桃太？　……これが？」

「これが、とはなんじゃ、失礼な！」

鬼小十郎《おにこじゅうろう》の顔で叱《しか》られた。

「で、でも、この子、女の子……ですよ……ね？」

「ん？　わし、直太に言っておらんかったか？　桃太が女の子だって？」

出た！　重綱さんの〝肝心《かんじん》なことを言い忘《わす》れる癖《くせ》〟だ。

「聞いてませんっ！」

「ありゃあーっ」

大げさに天を仰《あお》いで、ペシッと自分の額《ひたい》を叩《たた》く。

「そうか。そりゃあ、悪かった」

相変わらず、口で言うほど悪そうな顔はしていない。

「では、改めて紹介《しょうかい》しよう。直太《なおた》、これが桃太《ももた》だ。桃太、この子が、お主《ぬし》の代わりに〝ちびっこ足軽《あしがる》〟を引き受けてくれた直太だ」

「桃太です。よろしくお願いします」

桃太さんは、ぺこりと頭を下げた。

女の子だったというのはびっくりだけど、それ以上に、政宗《まさむね》さんや重綱《しげつな》さんから聞いていたイメージと違《ちが》うことに驚《おどろ》いた。

もっと元気いっぱいの気が強そうなキャラかと思っていたけど、ぜんぜん違う。足軽というより、大切に育てられたお姫《ひめ》さまって感じだ。

この小さな体のどこに「足軽になりたい」とか、「お客さん扱《あつか》いはいやだ」と言い出すガッツがあったんだろうか。

「えっと、はじめまして、足軽の直太にござりまする」

腰《こし》を落とし、足軽のお辞儀《じぎ》をすると、桃太はニコッとわらった。

「実はわたし、はじめまして、じゃ、ないんです」

「え、どういうことですか？」

「八月一日に……来たんです。お父さんに車で連れてきてもらって。そのときはまだ車椅子《くるまいす》

杜乃武将隊

だったんですけど、遠くからこっそり見てました」

「そうか。あの日はお客人も多かったからのう、わしは全く気づかなんだ。直太《なおた》は……気づくわけがないよな。桃太《ももた》の顔を知らんかったものな。しかし、せっかく城に来たのなら、なぜ我《われ》らに声をかけなかったのだ」

「かけられなかったんです。その、直太さんが……」

言いにくそうにして、桃太さんはうつむいた。ぼくもだ。あの日のことは、正直言ってあまり思い出したくない。

「わたしの代わりが見つかったって山部《やまべ》さんに電話をもらって、どんな子かどうしても見てみたくて。来てみたら、直太さんがとても辛《つら》そうで、申《もう》し訳《わけ》ない気持ちになって」

「そうか。あの日は初陣《ういじん》でな、直太はたいへんだったのだ。わしは直太が、『やめる』と言い出すのではないかと思ってヒヤヒヤしておったんじゃ」

(うわぁ、気づかれていたのか!)

恥《は》ずかしいと思う一方で、こういうことを明るく爽《さわ》やかに言い放つところが重綱《しげつな》さんらしいと思った。

「あのぅ、桃太さん……」

ふいに、思い出したことがあった。

「桃太《もも た》さんは、自分で名乗りの口上《こうじょう》を考えてきたと聞いたんですけど」

もし桃太に会えたら、頼《たの》みたいことがあったのだ。

「よかったら、その口上を聞かせてもらえませんか」

演武《えんぶ》をするとき、「ございん音頭《おんど》」は一緒《いっしょ》に踊《おど》らせてもらえるようになったけど、いまだに名乗りはさせてもらえていない。それが、ずっと心のすみにひっかかっていた。

「口上……ですか」

桃太さんは、首をかしげてじっと宙《ちゅう》を見つめた。

「覚えておるか、桃太?」

「はい、重綱《しげつな》さま。何度も書き直したし、何度も何度も練習しましたから」

「わたしもよく覚えていますよ」

振《ふ》り返ると、いつの間に来たのか、常長《つねなが》さんが立っていた。

「常長さま!」

「桃太、ひさしぶりですね」

常長さんは、いつも以上にニコニコしている。

「桃太の口上は立派《りっぱ》でした。その一生懸命《いっしょうけんめい》さに胸《むね》を打たれて、我《われ》らは一緒に演武をしたいと思ったのです」

いまだに政宗《まさむね》さんにダメ出しをするという常長《つねなが》さんがそこまで言うなんて、どんな口上《こうじょう》だったのか、ますます聞いてみたくなった。

「桃太《ももた》さん、お願いします。ぜひ聞かせてください」

「……じゃあ、言います！」

桃太さんは、重綱《しげつな》さん、常長さん、ぼくの顔を見回して、ひとつうなずくと口を開いた。

「あの日、我《わ》がふるさとは揺《ゆ》れ、たくさんの命が流されました」

桃太さんの明るい声で語られる、言葉の重さが胸《むね》に刺《さ》さる。

「でも、大丈夫《だいじょうぶ》。絶対《ぜったい》に大丈夫！」

（えっ？）

「手をとりあって、ともに進んでまいりましょう。みなさまの心に、笑顔《えがお》の花を咲《さ》かせる足軽《あしがる》、某《それがし》の名は桃太にござりまするる」

顔を真っ赤にして言い終えると、桃太さんは松葉づえを外してお辞儀《じぎ》をした。

重綱さんは、顔をくしゃくしゃにして拍手《はくしゅ》をしている。

常長さんはうなずいている。その目は、うっすら潤《うる》んでいる。

ぼくは、政宗さんに却下《きゃっか》された自分の口上を思い出した。政宗さんは、言った。「自分のことばかりじゃな」って。

今なら、その意味も、あれがどれほどダメだったのかも、わかる。

「どうじゃ、直太《なおた》。よい口上《こうじょう》じゃろう?」

鬼小十郎《おにこじゅうろう》が、とろけるような笑顔《えがお》をうかべている。

ぼくは、素直《すなお》に「はい」とうなずいた。

「桃太《ももた》さんの口上を聞いて、思い出したことがあります」

「ほう、何をじゃ?」

「ぼくがまだ小さかった頃《ころ》、母が沿岸部《えんがんぶ》の避難所《ひなんじょ》にボランティアに行っていたんですが、そのとき、母はいつも『大丈夫《だいじょうぶ》、絶対《ぜったい》に大丈夫』と言って、被災《ひさい》した方たちを励《はげ》ましていたんだそうです」

七本松《ななほんまつ》マンションの夏祭りで、水沢《みずさわ》さんに聞いた話だ。

「そうでしたか。『大丈夫、絶対に大丈夫』、いい言葉ですね」

常長《つねなが》さんが、くしゃっと笑った。

「もし、桃太さんが足軽《あしがる》をやっていたら、きっと桃太さんの口上に励《はげ》まされた人が……」

「直太さん」

桃太さんに、さえぎられた。泣きだしそうな目で、ぼくを見ている。

「直太さんの名前って、もしかして、なおきくん? 仙田直紀《せんだなおき》くん?」

「……はい、そうですけど？」

答えた瞬間《しゅんかん》、桃太《ももた》さんの目から涙《なみだ》がこぼれおちた。

（ええっ？　どういうこと？）

重綱《しげつな》さんも常長《つねなが》さんも、あ然として桃太さんを見つめている。

「直紀《なおき》くん、わたしの口上《こうじょう》の『大丈夫《だいじょうぶ》、絶対《ぜったい》に大丈夫』はね、わたしが日和山避難所《ひよりやまひなんじょ》にいた時に覚えた言葉なの」

桃太さんは、涙を拭《ぬぐ》ってぼくを見つめた。

「わたしの名前は、三石桃花《みついしももか》」

「みついし、ももか？」

この響《ひび》き、どこかで聞いた覚えがある。

そうだ、美咲《みさき》さんが言ってたんだ。

ぼくには仲よくしていた女の子がいたって。一つ年上で、名前はたしか……。

「も……か……ちゃん？」

つぶやいた瞬間、桃花さんの顔がぱっと輝《かがや》いた。

「まだ小さかったなおくんは『ももかちゃん』が言えなくて、わたしのこと、いつも『もかちゃん』『もかちゃん』って呼《よ》んでた」

思い出が、しゅるしゅると音を立ててほどけていく。

避難所《ひなんじょ》のすみで、いつもいっしょに遊んでいたこと。

その子のことが、大好きだったこと。

ある日、突然《とつぜん》いなくなったこと。

さびしくて、悲しくて、泣いたこと。

さまざまな場面が、あのときの感情《かんじょう》といっしょにあふれだす。

「よかった、会えて。わたし、なおくんにずっとあやまりたいと思っていたの」

「え、何を？」

「突然いなくなったこと。急に親戚《しんせき》の家に行くことになったから」

あのとき、ぼくは二歳《さい》で、もかちゃんは三歳だった。

さびしくても、悲しくても、どうすることもできなかった。

「ぼくも、もかちゃんにあやまらなきゃ」

「何を？」

「すっかり忘《わす》れてたんだ、もかちゃんのこと」

(怒《おこ》るかな？)と思った。

けれど、もかちゃんは「よかった」とほほ笑《え》んでくれた。

「ずっと覚えていて、ずっと悲しいままじゃなくて、よかった」って。

「それにしても、幼《おさな》い頃《ころ》に出会っていた二人が、今こうして仙台城《せんだいじょう》で再会《さいかい》するとはなぁ。政《まさ》宗公《むねこう》のお導《みちび》きかもしれんのう」

「直太《なおた》にとっては、記憶《きおく》から消してしまいたいぐらい悲しい出来事だったのでしょうね」

重綱《しげつな》さんは腕《うで》を組み、常長《つねなが》さんは顎《あご》に手を当ててうなずいている。

「直太さん」

もかちゃんが、ぼくを見つめた。その目にもう涙《なみだ》はない。

「わたし、本当は今日、直太さんに『代わりを務《つと》めてくれてありがとう』って言おうと思って来たの。でも、直太さんがおもてなしをしている姿《すがた》を見て、やめたんだ」

「どういうこと？」

「直太さんは、わたしの代わりをしているわけじゃないって思ったから。『桃太《ももた》のかわり』じゃなくて、『杜乃武将隊《もりのぶしょうたい》の足軽・直太』なんだって思ったから」

もかちゃんは、考え、考え、話している。

「わたしのヒーローは今でも、仮設住宅《かせつじゅうたく》に来てくれて、『一緒《いっしょ》にがんばりましょうね』って声をかけてくれた足軽の与六《よろく》さんだけど、一生懸命《いっしょうけんめい》におもてなしをしている直太さんもいいな、応援《おうえん》したいなって思った」

胸《むね》が熱くなった。そして、何も知らないくせに、桃太《ももた》のことを勝手にライバル視《し》していたことを、心の底から申《もう》し訳《わけ》なく思った。

「でも、わたし、直太《なおた》さんは、きっとこうなるだろうとも思ってた」

「え、どうして？」

「政宗《まさむね》さまが、言ってたから」

「政宗さまが？」

「八月一日の演武《えんぶ》のあと、帰ろうとしていたら、政宗さまがこっそりわたしのところに来てくれたの」

「ああ、そうであった、そうであった！　演武のあと、殿《との》のお姿《すがた》が見えなくなったので、父上があわてて探《さが》しに行って……」

「そうでした。しばらくして、景綱《かげつな》さまと戻《もど》って来られたのでした」

重綱《しげつな》さんと常長《つねなが》さんがうなずき合っている。

ぼくはさっぱり覚えていない。心が折れてて、それどころじゃなかった。

「政宗さまはこう言ったの。『あとのことは何も心配しなくていいから、怪我《けが》をしっかり治すように』って。わたしが『でも、直太さんが……』って言ったら、すぐに『大丈夫《だいじょうぶ》じゃ。あやつは心構《こころがま》えができておるから』って」

「心構《こころがま》え？」

重綱《しげつな》さんが、首をかしげる。

「意味は分かりませんでしたが、政宗《まさむね》さまがそうおっしゃるなら、きっと大丈夫《だいじょうぶ》だろうって思ってました。……直太《なおた》さん」

「はい」

「八月三一日が直太さんの最後の出陣《しゅつじん》だよね？　わたし、必ず見に来るね。お父さんやお母さんと一緒《いっしょ》に」

言うだけ言うと、もかちゃんは「失礼します」とお辞儀《じぎ》をして帰っていった。

松葉づえを器用に使いながら、もかちゃんが、歩いてゆく。

その顔は見えないけれど、きっと、口を真一文字に結んでいるはずだ。

歯を食いしばり、前を向いて、一歩一歩足を進めていく。

震災《しんさい》に遭《あ》ってから今日まで、ずっとそうしてきたように。

だんだん小さくなってゆくもかちゃんの背中《せなか》を見つめながら、考えた。

ぼくに、できることはあるのだろうか？

ぼくにも、何かできないだろうか？　と。

18、最後の名乗り

ぽたり。ぽたり。あごの先から、汗《あせ》がしたたりおちる。

八月も今日で終わるというのに、暑さが和《やわ》らぐ気配はない。

今日はひさしぶりに杜乃武将隊《もりのぶしょうたい》のメンバー全員が揃《そろ》っての演武《えんぶ》ということもあってか、仙《せん》台城《だいじょう》北側の広場には、大勢《おおぜい》のお客さまが集まっている。

目の前では、鎧兜《よろいかぶと》に身を包んだ武将《ぶしょう》や侍《さむらい》が、刀を抜《ぬ》き、槍《やり》を振《ふ》りかざし、勇壮《ゆうそう》な音楽に乗って戦いの場面を演じている。その向こうに、演武に見入っている人たちがいる。

二重三重の人垣《ひとがき》の中には、おじいちゃん、おばあちゃん、お母さん、それから、ゆうべ遅《おそ》くに青森から帰って来てくれたお父さんもいるはずだ。

おじいちゃんは、「直紀《なおき》の晴れ姿《すがた》だからな、翔子《しょうこ》にも見せてやらないと」と言っていた。たぶん、翔子おばさんの写真を持ってきているはずだ。

もかちゃんは、どの辺りだろう。

お父さんやお母さんも連れてくると言っていたから、もううちのお母さんと顔を合わせて、再会《さいかい》を喜《よろこ》び合っているかもしれない。もしかしたら、水沢《みずさわ》さんや美咲《みさき》さんとも、会えたかも。

もかちゃんのことを伝えた時、お母さんは「うれしい」と、涙《なみだ》ぐんだ。

「避難所《ひなんじょ》が開設《かいせつ》されていたのは短い期間だったし、ボランティアに行っていたのも半年ぐらいのことだったから、覚えている人なんていないと思ってた。もかちゃんが『大丈夫《だいじょうぶ》、絶対《ぜったい》に大丈夫』を覚えてくれていたなんて」って。

――一生懸命《いっしょうけんめい》に取り組んだことは、必ず伝わる。きっと誰《だれ》かの力になる。

政宗《まさむね》さんが言った通りだ。

一つ、二つ、三つ……。汗《あせ》が、地面に落ちて、水玉模様《もよう》を描《えが》きだす。

陣笠《じんがさ》の中は熱く、地面に着いている膝《ひざ》は痛《いた》いが、ぼくは微動《びどう》だにしない。重綱《しげつな》さんに教わった足軽《あしがる》の姿勢《しせい》で、スピーカーの横にひざまずいている。

勇壮《ゆうそう》な音楽が途切《とぎ》れ、ついにひとつめの演武《えんぶ》がクライマックスを迎《むか》えた。

「我《われ》ら、奥州《おうしゅう》・仙台《せんだい》おもてなし集団《しゅうだん》 杜乃武将隊《もりのぶしょうたい》。皆《みな》とともに前へ、仙台、宮城、東北！」

決め台詞《ぜりふ》とともに、ポーズが決まった。緊張《きんちょう》がとけ、大きな拍手《はくしゅ》が湧《わ》き起こる。

その中で政宗さまが、お客さまに向かって語りかける。

「まずはこの政宗自慢《まさむねじまん》の家臣《かしん》、伊達者《だてもの》たちを紹介《しょうかい》いたそう。皆《みな》のもの、盛大《せいだい》に名乗りを上げよ！」

「ははあっ！」

家臣たちが深々と礼をする中、くるりとお客さんに背《せ》を向けると、政宗さまは陣羽織《じんばおり》の裾《すそ》をひるがえしながら、広場の奥《おく》に向かって歩いてゆく。

一瞬《いっしゅん》、目があった。

政宗さまが、小さくうなずく。ひざまずいたまま、ぼくもそっと頭を下げた。

政宗さまに続いて、家臣全員が広場の奥に下がって一列に並《なら》ぶ。下手《しもて》から、芭蕉《ばしょう》さん、綱元《つなもと》さま、景綱《かげつな》さま、政宗さま、成実《しげざね》さま、重綱《しげつな》さま、常長《つねなが》さま、花《はな》さんと並んでいる。

——今だ！

すっと立ち上がり、常長さんの隣《となり》に並んだ。


「ぼくにも、名乗り口上《こうじょう》をさせてください」

あの日、もかちゃんが帰ったあとで、重綱さんと常長さんにお願いした。

桃太《ももた》さんの口上を聞いて、

(直太《なおた》らしい口上ができなければ、直太にはなれない。杜乃武将隊《もりのぶしょうたい》の一員にも)

そう思ったんだ。

桃太《ももた》さんの口上を思い出しながら、何度も何度も書き直した。

ようやく書き上げた口上にＯＫが出たのは、二日前だった。

すぐに重綱《しげつな》さんに稽古《けいこ》をお願いした。重綱さんは「鬼小十郎《おにこじゅうろう》の出番だな」と言って、お城に出陣《しゅつじん》する前と後、宣言《せんげん》通り鬼小十郎一〇〇％バージョンで稽古をつけてくれた。

今日が足軽《あしがる》・直太《なおた》の、最初で最後の名乗りだ。


「うりゃーっ！」

広場の真ん中に、刀を抜《ぬ》いた成実《しげざね》さんが飛び出した。

「我《わ》が兜《かぶと》の前立《まえた》ては毛虫にござる……」

名乗りは、景綱《かげつな》さん、綱元《つなもと》さん、重綱さん、常長《つねなが》さん、直太、芭蕉《ばしょう》さん、花《はな》さん、そして政宗《まさむね》さまの順に行われる。順番が近づいてくるにつれ、胸《むね》の鼓動《こどう》が早くなってきた。

「四〇〇年前、政宗さまの命を受け、サン・ファン・バウティスタ号に乗り、太平洋を横断《おうだん》。慶長遣欧使節《けいちょうけんおう》を率《ひき》いし我が名は、支倉六右衛門《はせくらろくえもん》常長にござる！」

広場を端《はし》から端まで動き回っての常長さんの名乗りが終わった。

（いよいよだ！）

ぼくは、勢《いきお》いよく広場の真ん中に走り出た。

足を止め、両手を太ももにあてて姿勢《しせい》を正す。

刀を抜《ぬ》いたり、槍《やり》を振《ふ》り回したりといった、武将《ぶしょう》のような動きはしない。

考えて、考えて、杜乃武将隊《もりのぶしょうたい》の足軽《あしがる》らしく名乗りを上げることに決めたんだ。

「政宗《まさむね》さまがつくり、今も続くこのまちには」

重綱《しげつな》さんからは「大事な人に語りかけるように話せ」とアドバイスされた。

「つらい出来事を乗り越《こ》えた人たちがいます」

もかちゃん、水沢《みずさわ》さん、美咲《みさき》さん、そして震災《しんさい》で辛《つら》い思いをしたこのまちの人みんなに届《とど》くように、語りかける。

「このまちの力になろうと、がんばっている人たちがいます」

政宗さん、おじいちゃん、天野《あまの》さん、杜乃武将隊のメンバーひとりひとりにも届くように。

「みんなが心をひとつにすれば、きっと大きな力になります。笑顔《えがお》いっぱいのまちを夢《ゆめ》見て、まっしぐら！『一生懸命《いっしょうけんめい》』を旗印《はたじるし》に、みなさまとともに力を尽《つ》くす足軽、某《それがし》の名は、直太《なおた》にござりまする」

――言えた！

お辞儀《じぎ》をして、すぐに後ろに下がる。入れ替《か》わりに、芭蕉《ばしょう》さんが出てくる。

下がる瞬間《しゅんかん》、重綱さんがウインクしてくれた。その向こうで政宗《まさむね》さまが、小さくうなずく

杜乃武

のが見えた。

その日、杜乃武将隊《もりのぶしょうたい》は夕方から仙台市郊外《せんだいしこうがい》のイベントに出陣《しゅつじん》することになっていた。ぼくはひと足先に、車で本陣に帰されることになった。まだおもてなしを続けている政宗《まさむね》さまをはじめ杜乃武将隊のみんなを横目に、一人だけ先に帰るのは、本音を言えば残念だった。

でも、おもてなしは遊びじゃない。お役目だから、仕方がないことなんだ。

「直太《なおた》くん、おつかれさまでした。最後までバタバタで申《もう》し訳《わけ》ありません」

ぼくを降《お》ろすと、山部《やまべ》さんは急いでお城に戻《もど》って行った。

「ありがとうございました！」

走り去る車に礼をして、顔を上げた、そのときだ。すぐ近くに、おばあさんの姿《すがた》があることに気づいた。杖《つえ》をつき、ひと足ひと足、足元を確《たし》かめながら歩いてくる。足元に気をとられて、ぼくにはまったく気づいていないようだ。

（どうしよう。このまま鉢合《はちあ》わせしたら、びっくりさせてしまう）

驚《おどろ》かさないように、できるだけ丁寧《ていねい》に声をかけてみた。

「……こんにちは」

顔を上げたおばあさんは、「ありゃりゃ！」と目をむいた。が、すぐに笑顔《えがお》になって「こんにちは」と返してくれた。そして、こう続けた。

「いつもまちのために、ありがとうございます」

杖《つえ》で体を支《ささ》えたまま、おばあさんは深々と頭を下げた。

（このおばあさんは、杜乃武将隊《もりのぶしょうたい》を知ってる人なんだ！）

うれしさが、こみ上げてきた。

「こちらこそ、ありがとうございまする！」

おじぎをして顔を上げると、おばあさんは笑顔のままで首をかしげた。

「お兄ちゃんは、見たところ足軽《あしがる》さんのようだけど、お名前は？」

「某《それがし》は、奥州《おうしゅう》・仙台《せんだい》おもてなし集団《しゅうだん》 杜乃武将隊の足軽、直太《なおた》にござりまする」

「ありゃまぁ、立派《りっぱ》だこと！」

おばあさんは、手を叩《たた》いて喜《よろこ》んでくれた。

「ここを通ると、たまに政宗《まさむね》さまと出くわすことがあってね。そうすると、さっきの直太さんみたいに、政宗さまの方から先に『こんにちは！　大事ないか？』と、声をかけてくれるんでがす」

さすが、〝殿《との》〟だ。

「政宗さまの顔を見ると、何だがうれしくて、ありがたい気持ちになるんでがす。……なんせ、この仙台《せんだい》をつくった〝おらほの殿《との》さま〟だものねぇ」

胸《むね》に、あたたかいものが広がっていく。

「政宗公は、立派《りっぱ》な殿さまですもんね」

「直太《なおた》さんも、立派だべした」

「え？」

「まだちゃっこいのに、まちのために働いてくれてるんでしょ？　しばらく行ってなかったけど、直太さんがいるなら、たまにはお城に行ってみるべかね」

にっこり笑うと、「んでまず」と頭を下げて、おばあさんは再《ふたた》び歩き出した。

「ありがとうござりまする！　お待ちしておりまする！」

遠ざかるおばあさんの背中《せなか》に声をかけ、背筋《せすじ》を伸《の》ばして礼をする。

ぽたり、ぽたり、こぼれおちる汗《あせ》と涙《なみだ》が、足元に黒い水玉模様《もよう》を描《えが》いていく。

――一生懸命《いっしょうけんめい》は、伝わるんだ。

ぼくは顔を上げ、少しだけ高くなった空を見上げた。

そして、来年も再来年《さらいねん》もこの空を、同じ気持ちで見上げたい！　そう思った。

杜乃武将隊《もりのぶしょうたい》の、足軽《あしがる》・直太として。

エピローグ／勝鬨《かちどき》

足軽《あしがる》の直太《なおた》を務《つと》めた夏が終わってから、ぼくは普通《ふつう》の小学五年生に戻《もど》った。ピアノと剣道《けんどう》と書道の日々。そこに、新たな日課が加わった。おじいちゃんに教わりながら、政宗公《まさむねこう》から託《たく》された藤《ふじ》の世話をはじめたんだ。

忙《いそが》しい日々を送りながら、いつも心のどこかで政宗さまからの連絡《れんらく》を待っていた。足軽の直太に、再《ふたた》び出陣《しゅつじん》の声がかかることを。

でも、年が明けてから新型《しんがた》コロナウイルスの感染《かんせん》が世界中で広がって……。

あの夏から、四年が過《す》ぎた。ぼくは今、受験を控《ひか》えた中学三年生だ。

そして、今こうして仙台城跡《せんだいじょうあと》にいる。

広場に面した林の中から、お客さまに語りかける政宗さまを見つめている。

「杜乃武将隊《もりのぶしょうたい》が生まれたのは、二〇一〇年八月一日のことであった」

音楽は止《や》み、蝉時雨《せみしぐれ》に包まれる広場に、凛《りん》とした声が響《ひび》き渡《わた》る。

「我《われ》らが蘇《よみがえ》ってからほどなくして、東日本大震災《だいしんさい》が起こった。それから一三年、仙台《せんだい》・宮城の復興《ふっこう》を目指し、『ともに前へ』を合言葉に、我らは懸命《けんめい》に歩んでまいった。……さまざまなことがあった。新型《しんがた》コロナウイルスの感染拡大《かんせんかくだい》がはじまってからは、城に出陣《しゅつじん》できぬ日も多くあった」

きりきりと、胸《むね》が痛《いた》む。何ごともなければ、ぼくは三年前、小学校最後の夏休みをこの場所で杜乃武将隊《もりのぶしょうたい》とともに過《す》ごすはずだったのだ。

「会いたくても会えないものがいた。やりたくてもできないことがあった。コロナ禍《か》は、我《われ》らの大切なものをたくさん奪《うば》っていった」

声が、かすかにふるえている。

小学六年生の夏をぼくが杜乃武将隊の一員としてこの場所で過ごすことができなかったように、そしておじいちゃんが藤《ふじ》の庭の公開を断念《だんねん》したように、政宗《まさむね》さまたち杜乃武将隊もまた、失ったもの、あきらめたものがきっとたくさんあったのだろう。

「コロナ禍を経《へ》た今、ようやく平穏《へいおん》な日々が訪《おとず》れた。そして今日、我ら杜乃武将隊は、第十四期出陣式《しゅつじんしき》の日を迎《むか》えることができた。これより先、我らが為《な》すべきことはただひとつ。日々前進あるのみじゃ！　よいか皆《みな》のもの、杜乃武将隊の旗印『ともに前へ』を心に刻《きざ》み、ここからまた、ともに歩んでまいろうぞ！」

呼《よ》び掛《か》けに応《こた》えるように、ひときわ大きな拍手《はくしゅ》が起こった。

コロナ禍で、変わってしまったものがある。

けれど、変わらないものもある。……たしかに、ある。

震災《しんさい》を乗り越《こ》え、コロナ禍《か》を乗り越《こ》えた杜乃武将隊《もりのぶしょうたい》の姿《すがた》を見て、そう思う。

「それでは最後に、皆《みな》で勝鬨《かちどき》を上げる。……その前に」

政宗《まさむね》さまの視線《しせん》が、ぼくを捉《とら》えた。

「直太《なおた》！　これへ！」

……来た！

「ははっ！」と答えて、走り出す。

甲冑《かっちゅう》は相変わらず重いけど、身長が伸《の》び、体力もついたせいか、前ほど重さが気にならない。

「今日の佳《よ》き日を祝うため、四年ぶりに足軽《あしがる》の直太が参陣《さんじん》してくれた。直太の出陣は今日限《かぎ》りであるが、皆、拍手《はくしゅ》で迎《むか》えてやってくれ」

政宗さまの言葉に、拍手が起こる。

「直太ーっ！」「はよーっ！」

重綱《しげつな》さまが、槍《やり》を振《ふ》り回しながら、くしゃくしゃの笑顔《えがお》で呼《よ》んでいる。

「直太ーっ！」「はよーっ！」「直太ーっ！」

成実《しげざね》さま、景綱《かげつな》さま、綱元《つなもと》さま、常長《つねなが》さま、芭蕉《ばしょう》さん、花《はな》さんも、手招《てまね》きしてくれている。

「かしこまりまして、ござりまするーっ！」

ぼくは走る。拍手《はくしゅ》の中を、広場のこちら側からあちら側へ。

息を切らし、重綱《しげつな》さまの隣《となり》に並《なら》んだところで、政宗《まさむね》さまが口を開いた。

「直太《なおた》、待たせたな。こたびの参陣《さんじん》、誠《まこと》に大儀《たいぎ》である！」

政宗さまの言葉に、「はっ！」とうなずく。

「それでは最後に、勝鬨《かちどき》を上げようではないか。皆《みな》のもの、右手を掲《かか》げよ！」

政宗さまの言葉に、「おー！」とその場にいる全員が右手を掲げる。

「ここに集《つど》いし皆々《みなみな》の健勝《けんしょう》と仙台《せんだい》・宮城の発展《はってん》、そして、厄災《やくさい》が鎮《しず》まり、民《たみ》が安らかに過《す》ごせる日々が永久《とわ》に続くことを祈念《きねん》いたして……」

胸《むね》がぎゅん！と熱くなる。政宗さまの言葉は、まっすぐに心に響《ひび》く。そして、聞く人を励《はげ》ます。

「一生懸命《いっしょうけんめい》は伝わるんだ」と改めて思う。

「勝鬨じゃ、――いざ！」

政宗さまの呼《よ》びかけに、

「エイ・エイ・オー！」

みんなが応《こた》える。

はるか昔、このまちで一生懸命《いっしょうけんめい》に生きていた人たちがいた。

「エイ・エイ・オー！」

今、このまちのために一生懸命《いっしょうけんめい》に生きている人たちがいる。

みんなの思いがつながって、まちは今も続いている。

ぼくもまた、その流れを汲《く》む一人だ。

「エイ・エイ・オ――――ッ！」

思いを込《こ》めて、こぶしを高く衝《つ》き上げた。太陽に届《とど》くほど高く、高く。

こぶしの先が空につながり、体中に力が満ちてくるのを感じた。

謝辞《しゃじ》

この物語を書くにあたり、多くの方にご協力いただきました。

仙台《せんだい》・宮城の観光PRを行っている「奥州《おうしゅう》・仙台おもてなし集団《しゅうだん》　伊達武将隊《だてぶしょうたい》」の伊達政《まさ》宗《むね》さま、伊達成実《しげざね》さま、片倉小十郎景綱《かたくらこじゅうろうかげつな》さま、片倉小十郎重綱《しげつな》さま、支倉常長《はせくらつねなが》さま、松尾芭《まつおば》蕉《しょう》さま、くの一・響《ひびき》さま。株式《かぶしき》会社ハートアンドブレーンの齋藤珠美《さいとうたまみ》さま、矢部真澄《やべますみ》さま。

政宗公から託《たく》された「子平町《しへいまち》の藤《ふじ》」を守り続けている千田文彦《ちだふみひこ》さま、千嘉子《ちかこ》さま、祐史《ゆうじ》さま、佐知子《さちこ》さま。

「紅葉《こうよう》ライトアップ」で松島の秋に光を灯《とも》した円通院《えんつういん》ご住職《じゅうしょく》・天野晴華《あまのはるか》さま。

仙田直紀《せんだなおき》と片倉小十郎重綱のモデルになってくださった千田直寛《ちだなおひろ》さま、齊藤海《さいとうみちる》さま。

高い志《こころざし》を胸《むね》にそれぞれの活動に邁進《まいしん》なさっている皆《みな》さま方の〝一生懸命《いっしょうけんめい》〟な姿《すがた》に敬意《けいい》を表しますとともに、深く感謝《かんしゃ》申し上げます。

また、この作品を引き受け、出版《しゅっぱん》してくださった新日本出版社《しんにほんしゅっぱんしゃ》の丹治京子《たんじきょうこ》さま、前作『兄ちゃんは戦国武将《ぶしょう》！』に続き、杜乃《もりの》武将隊や足軽《あしがる》・直太《なおた》を愛情《あいじょう》たっぷりに描《えが》いてくださった浮雲宇一《うくもういち》さまにも、心から御礼《おんれい》申し上げます。

二〇二四年六月

佐々木ひとみ

佐々木ひとみ（ささきひとみ）
茨城県生まれ。宮城県在住。『ぼくとあいつのラストラン』（ポプラ社）で椋鳩十児童文学賞（映画「ゆずの葉ゆれて」原作）、『ぼくんちの震災日記』（新日本出版社）で児童ペン賞童話賞受賞。作品に「みちのく妖怪ツアー」シリーズ（共著・新日本出版社）、『兄ちゃんは戦国武将！』（くもん出版）、『ストーリーで楽しむ伝記　伊達政宗』（岩崎書店）、『七夕の月』（ポプラ社）等。日本児童文学者協会理事・日本児童文芸家協会会員。

浮雲宇一（うくもういち）
イラストレーター。書籍の装画やゲーム用イラストなどを手掛ける。作品集に『白昼夢　浮雲宇一作品集』（PIE International）他、児童書の仕事に『兄ちゃんは戦国武将！』（くもん出版）、「虹いろ図書館」シリーズ（河出書房新社）等。

エイ・エイ・オー！──ぼくが足軽《あしがる》だった夏《なつ》

2024年6月30日　初　版　　NDC913 174P 20cm

作　者　佐々木ひとみ
画　家　浮雲宇一
発行者　角田真己
発行所　株式会社新日本出版社
〒151-0051　東京都渋谷区千駄ヶ谷4-25-6
営業03(3423)8402
編集03(3423)9323
info@shinnihon-net.co.jp
www.shinnihon-net.co.jp
振替　00130-0-13681

印　刷　光陽メディア　　製　本　小泉製本

落丁・乱丁がありましたらおとりかえいたします。

ISBN978-4-406-06746-1　C8093　Printed in Japan